ちくま新書

老後は上機嫌

池田清彦
Ikeda Kiyohiko
南 伸坊
Minami Shinbo

1801

老後は上機嫌【目次】

イラストレーション＝南 伸坊
編集協力＝諸井里見

まえがき

南 伸坊

池田清彦さんと私は一九四七年生まれの同い年だ。知り合ってもう何年になるだろう？　何十年になってるかもしれない。お互いに、本が出ると送り合うんだけれども「送り合う」なんて言うも愚かなくらい、笑っちゃうくらいつり合っていない。

私が一冊送る間に、池田さんの本が九冊ぐらい送られてくる。そして、そのすべてが面白い。読み出すと、読み終るまで読み続けたくなるので、まるで中毒患者である。

私は「面白中毒」である。たとえば世間で「面白きゃいいってもんではない」とか「ただ面白いだけだ」みたいな事を言う人がいるとポカンとしてしまう。

あるいは、私が言ってる「面白い」っていうのは、世間の人が言ってる「面白い」と、ニュアンスが違っているのかもしれない。

世間の人がよく言う「勉強になる」というのが私の「面白い」と近いのかな、と思ったこともあった。で、さっきの言いように代入してみた。
「勉強になりゃいいってもんじゃない」「ただ勉強になるだけ」
う〜ん、普通に悪口のニュアンスで、納得してしまう。これは、私が「勉強」って
コトバが「ただ嫌いなだけ」かもしれないけどね。
「勉強」は嫌いだけど「発見」は大好きだ。
池田さんと、長いつきあいだ、と言ったわりに、長時間二人きりでしゃべり合った
なんてほとんどない。たいがい、お互いヘラヘラ笑いながら話す、冗談の応酬があっ
たにすぎないのだったが、今回「対談」として話している途中、アルキメデスが裸で
走り抜けていった時、私は、
「あッ！」
と叫ぶように思ったのだ。私はあの裸で走るアルキメデスが、大好きなのだ。あんま
りあッと思っちゃったもんだから、
「だろ!?」
と返すのも忘れて、私はまるでシーンと、静かに池田さんの話を聞いているようなこ

とになってしまった。

「そーなんだ！　アルキメデス！　いいよなあ、オレあのアルキメデスが大好きで」

と、しばらくアルキメデスの話を本当はしたかった。

　そうか、池田さんの本が面白いのは「アルキメデス」だからなんだ。とゲラ刷りを読みながら、じわじわわかってきた。

　私は「面白い」と「発見」を、ざっくりいって同じようなもんだと思っている。

「笑い」というのもそのへんで混じりあってる気がする。

「冗談は芸術の尖兵だ」というのは、私が言ったコトバなので、全然有名じゃない。が、いまでも、間違ってるとは思っていない。この「冗談」も、同じエリアに漂っているような気がする。

「つまらない話とは、わかりきった話と、まるっきりわからない話だ」

と言ったのも私である。自分では、うまいこと言ったと思っていた。

　人が面白いと思ったり、思わず笑ったりする話というのには、必ず「発見」がある。

「発見」はすでに知っていること、わかっていたことを、はっきりわかりなおしたときのよろこびである。

この時の「わかっていた」は、主にわかっていたことに意識が気づいていなかった「わかっていた」だ。

このことは、似顔絵や本人術の話題のとき私が妙に唐突に語り出したところである。そのあたりにしか、私に語れることはないからで、なんだなんだ突然にとおどろかないでください。

つまり、人は自分のわかっていることしかわからない。その上、わかりきっていることは、つまらないと思ってしまうし、まるっきり、わからないことは、ついにわからないままつまらない。このなんでもないことを「発見した」と私は思っていた。

ところが、池田さんと話していて、私の嫌いな「勉強」は、その「発見」のための助走だったのだなあと、これまたひょっとすると、あったりまえかもしれないことに気がついた。

池田さんの本が、毎回、中毒のように面白かったのは、知らないうちに勉強させられていてその都度わかりなおしていたからだったに違いない。

第1章

無計画に生きよう

†「好きだ」って思うことが一番大事

南伸坊（以下、南）　池田さんが「対談しようよ」って声かけてくれて、すごくうれしかった。月刊誌みたいに池田さんの本がどんどん送られてくるんで、いつも着いたその日から読むんだけど必ず面白い。他のこと手につかなくなる。

池田清彦（以下、池田）　本当？　ありがたい。俺も南さんの本を読んでるよ。『本人伝説』（文春文庫、二〇一四年）は傑作だね。あと、最近出した絵の本も面白かった。

南　イラストレーターの伊野孝行くんと対談した『いい絵だな』（集英社インターナショナル、二〇二二年）ですか？

池田　そう、そう。僕は絵に造詣が深いわけじゃないけど、要するに自分が「好きだ」って思う絵が一番いいんだっていう話だよね。そういう話は面白い。

絵について、昔の人と今の人とでどういうふうに考え方が変わったのか難しい話は知らないけど、現実というのは人によってどう捉えているか全部違うわけだよね、ズレがある。現実を絵で表現する時にも、自分が見てる現実と自分が表現したいこととの間にズレが生じる。風景や人物とかを描いた具象画って、結局そのズレ方の面白さじゃないかと思ったの。どんなふうにしてズレてるかっていうところに面白さがある。

自分が感じてるズレと、絵を描いた人のズレも違うでしょ。そうすると、自分が思ってもみなかったズレを表現してる人や作品を見ると「すげえ！」って思える。絵を見て感動する時ってそういうことが起こってるんじゃないかな。展覧会で絵を見て「すごいな」って思ってる人がみんなそういうふうに考えてるのかどうか、分かんないけどね。

南　ほとんどの人は、絵を見るにはこうしなきゃいけないって、お作法があると思ってますよね。好き勝手に見てる人って、意外と少ないんじゃないかな。僕は絵を見る時に「こうしなきゃ」なんて最初っから全然ないです。絵を見るより、まずものすごく一生懸命解説を読んでる人が多いですよね。

池田　大抵そうだよね。

南　解説を読まないと、自分が「間違った見方」をするんじゃないかっていう不安がある。絵を見たら、すぐ、自分の感想ってありますよね。自分が好きか嫌いかで見たら、答えはすぐ出ます。

池田 絵は一目瞭然だからね。それに絵って、はっきり言ってしまうと全て間違ってるものだから、間違いか正しいかなんて気にする問題じゃないよね。だって、完璧に現実を写そうとすれば、今なら写真で撮ればいいわけだからさ。その作品の現実とのズレが面白いとなったら、それが芸術になるんだろうけど、ズレを面白がるっていうなら、間違いを面白がるのが芸術ってことだよね。

だけど、ズレなんかどうでもよくて、かなり細かく描かれた絵とか、きれいな色使いの絵とか、そういう技術的に優れた絵をすごいなとか思う人が多いんじゃない。最近の人は、そうでもないのかな？

南 今でもそうですね。僕だって、ものすごく写実的に上手に描かれた絵があったら「おおっ」とか言ってとりあえず見るんですよ。

池田 見る。飽きるけどね。

南 そう（笑）すぐ飽きる。そうすると自分が面白いところを探すしかないんで、いろんな探し方で面白がることになる。

†見てる現実はみんな違う

南　池田さんのいわれる「絵と現実はみんな違う」って話にしましょうか。

池田　そこが人によって違うから、絵って面白いんじゃないかな。みんな同じだったら、話してても何も面白くないもんな。評価だって、人によって違うよね。自分が持っている評価軸と他の人が持ってる評価軸っていうのは当然違うんだけど、自分に自信がない人とか、他人のことを気にしすぎる人は、一番有名な美術評論家なんかの評価を引っ張ってきて、それと同じことを言ってれば無難だから……みたいな。だから解説から見るんでしょ、展覧会で。

南　「恥ずかしくない」ことっていうのが重要なんですネ。

池田　何も分かってないとは思われたくない。できれば美術通だと思われたい。そういう願望があるんだろうな。知ったかぶりしてるってことだよな。

南　分かってなくたっていいのにね。自分はこう思ってる、どーだ、ってなれば。でも、みんな謙虚だから自分が思ってることなんて大したことじゃないってなる。そんなに謙虚にしてたら面白くないですよね。それぞれが違ってて当然てことになれば、その違いの話をしたら面白い。

池田　本当は感動してないんじゃないか。感動してないって言うと、この人、芸術を何も分かってないと思われるから、感動したふりするためにしょうがなく最初に解説から読んで、とかね。こういうところが素晴らしいですねとか言わなくても別にいいし、全ての人が感動する必要もないじゃない。くだらねえと思う絵だってあるよな。

南　そうです。それを堂々と言うと気持ちいい（笑）。（人気司会者だった）大橋巨泉は印象派やポスト印象派の絵が好きで、ガンガン自前でヨーロッパまで行ってたくさん印象派を見てきた。そういう自信があるんで、「セザンヌなんか全然良くない」って「個人の感想」を堂々と言える。そういう意見が僕は面白いと思う。どっかで聞いたようなことしか言わないんじゃ面白くない。

解説を読めば、感心される話はいくらでもできるようになるだろうけど、その人が面白いと思ったもののこと話されるのが一番面白い。

池田　面白くない絵は面白くないもんな。

南　グルメ話も似てますね。ものすごくグルメのウンチク開陳できる人と、ただ自分がうまいと思うもの食べてる人。周りの人を感心させるグルメ話を振り回すっていう楽しみはあるんだろうと思うけど、それはまた別の楽しみなんじゃないかな。評論家になるつもりじゃないんなら、自分の好きなものを食べてるほうが楽しい。絵も同じなんで、自分の舌で味わうように自分の目で味わう。

池田　そんなの当たり前の話でね。当たり前のことを当たり前だと思うかどうかっていうことも、楽しめるかどうかっていうことと関係してるよね。僕は、フェルメールの贋作《がんさく》だったメーヘレンの『エマオの食事』を、いい絵だと思うけどね。「でも、あれ贋作だよ」って言われても、面白ければいいわけで。少なくともフェルメールの絵と同じくらい素晴らしいと思うよ。

当時もそう思った人がいっぱいいたから、すごい値段で売れたわけでしょ。だけど贋作だと分かった途端に、「何だよ」とか「贋作は駄目だ」とか言うやつが出てくる。贋作だろうと何だろうと、いい絵はいい。メーヘレン、気の毒だったよな。

僕も巨泉と同じで、セザンヌはあんまり好きじゃない。好きな人と嫌いな人がいるね。かみさんも「セザンヌは大したことない」って言うけど。ゴッホはすごいと絶賛している。そういえばゴッホが嫌いな人って、あんまり聞かないね。ゴッホの何がすごいのか、ちゃんと説明できないけど。

南　何か変だっていうのは感じる。

セザンヌって絵へタなんですよ、って言うとみんなビックリする。テーブルの上にリンゴがのってるそれ描こうとしても、そういう風に描けてないんです。このままだと、コロコロころがってっちゃうみたいになってる。ピタッとテーブルの上に置いてあるとこ描けない。どうしてかっていうとセザンヌはものすごく熱心に観察するから上からも横からもいろんな方向からリンゴ見ちゃうんですよ。で、結果テーブルの上で浮かんでるようなことになる。でも、実は人間の目はセザンヌみたいに見てるんで写真みたいに、一定の固定視点から見るなんてことしてない。いろんな見方したリンゴを、頭の中でまとめてるんじゃないか？　っていうんでセザンヌはそうやって描いた絵を自分の芸風にしちゃったんです。その「決意」がピカソに伝わったわけです。ピカソはそっからキュビスムを発明した。正面顔と横顔がいっぺんになっちゃったみたいなアレ、大発明ですよね。悪びれず堂々と芸風を前面に出したのがセザンヌの勝利です。

†高校生、澁澤龍彦の趣味に同感

南　僕は高校生の頃印象派とかに、全然興味なかったんですよ、どこが面白いのかって思って。だけど、たいがい美術評論家は、当たり前のように誉めそやすでしょう。それに漠然とした反感があった。だから高校生の頃に図書館でたまたま読んだ『みづゑ』（美術出版社、一九九二年休刊）っていう美術雑誌に連載されていた澁澤龍彦《しぶさわたつひこ》さんのエッセイに、「私は印象派には全く興味ない」って書いてあるのを読んだ時は、すごくうれしかった。年上の人たちで、そういうことを言ってくれてる人いなかったから。

池田　澁澤龍彦は「サド裁判」で、ずいぶん騒がれたよな。マルキ・ド・サドの『悪徳の栄え』を翻訳したら、猥褻《わいせつ》だって訴えられて。遠藤周作や白井健三郎、埴谷雄高などの大御所の作家が特別弁護人になって、最高裁まで争ったけど有罪になった（一九六九年）。小説なんだから、騒ぐようなことじゃないと思うけど。

南　澁澤さんは他のエッセイでも、自分が好きなものを好きなように書いて、本当に好き勝手やってました。自分が好きなものは面白い、自分が面白いと感じなければ、世の中でどんなに有難がられてるものに鼻も引っかけない、というのが澁澤さんのスタンスだったと思う。そこがすごく気に入ってというか、うれしかった。だから『みづゑ』で唯一、澁澤さんのエッセイだけは読むようになりました。今は澁澤さんの本、たくさんあるけど、当時はエッセイ集とか小説ほとんど出ていなかったから、『みづゑ』の連載だけが楽しみでしたね。

池田　南さんは、どんな絵が好きなの？

南　高校生の頃は、シュルレアリスム系のゾンネンシュターン、バルテュス、マグリットなんかが好きでしたね、今も好きです。澁澤さんのページで初めて見て、変てこで、とても魅力があって面白いなって素直に思った。

だから澁澤さんのものを読んでいれば、きっともっと面白いもんに出会えるって思うようになりました。そもそも澁澤さんのエッセイを読むようになったきっかけも、まず変な図版があったからかもしれない。だいたい美術の図版って、どっかで見たことあるみたいなのが何度も何度も出てきて、「なんだこれ」みたいな絵が偉そうにしてるのが嫌だったんですよ。

今も僕が好きな画家は、その頃の澁澤さんのエッセイに出てきた周辺の人のパーセンテージがすごく高いです。好みはかなりの部分、高校生の時にできたんじゃないかな。でも大人になってみると、澁澤さんには澁澤さんの好みがあって全てが重なってない、当然だけど自分の好みがあったんだなって気づくようになりました。すごく影響されてると思ってたんだけど、そうでもなかったなって後になって気がつきました。

池田　子どもの頃から、絵を見るのが好きだったんだ。

南　画集をちゃんと見るようになったのは中学生の頃からです。学校のすいてる図書室に行って、ふんぞりかえって見てました(笑)。寄贈されたんだと思うんですけど、豪華本の画集があったんです。猫足のゴージャスなロココ調の椅子が突飛に置いてあって、誰も座んない。怖がっちゃって(笑)。だったら俺が座ってやるって、その椅子に座って画集を眺めてた。はじめに気に入ったのはミロの初期の作品で、プリミティブな農園風景とか裸婦とかですね。農具とか畑の絵とか今でもすごく好きです。図書室では、すぐ横にテニスコートもあってそっちもチラチラ見たりしてましたね。美人の上級生が、テニスしてて（笑）。

池田　美術と美人、二つの「美」を同時に楽しんでたんだね（笑）。

南　考えてみると、読書をする楽しさを知ったのも澁澤さんがきっかけだったかもしれないですね。この人は面白いと思うと、その人が書いているものをちょこちょこ読むようになりますよね。そうすると、文章に出てきた人名とかに興味を持ったりして、有機的に繋がっていく。読書ってまあそういうものなんでしょうけど、澁澤さんの文章に出てきた人の本も読んでいくようになって、自分が何となく好きなニュアンスの人が、どんどん分かってくるっていう感じでした。

†美術館の器量

池田　ボストン美術館に行った時、ゴッホの絵をたくさん見たけど、海外の美術館って、五センチメートルまで顔を近づけて見ていても、何の注意もされない。日本の美術館だと絵の前にロープとかが張ってあったりして、遠くからしか見られないじゃん。すごい絵っていうのは、五センチメートル離れて見るのと、二〇センチメートル離れて見るのと、一メートル離れて見るのは、それぞれ全く違った印象になって、そういう面白みがあるよね。どちらにしても、絵は本物を自分で見ないと駄目だよ。画集で見るのと本物を見るのとでは、全然違うからね。

南　あー、それは違いますね。画家本人が描いてる距離で見れたら、それはまた違うおもしろさが出てきます。

池田　そうだよ。日本の美術館で見る時みたいに、一メートル先から描いてるわけじゃないもの。だけど、日本の美術館では、画家が描いていた時と同じぐらいの位置に立つと怒られる。日本は規制がきついというか、頭が硬いというか。

昔、大英博物館にも行ったんだけど、マリア・シビラ・メーリアンっていうオランダの画家で、虫の絵を描いた人の絵が所蔵されているというから見たくて、館内を探したんだけど見つからなかった。それでインフォメーションで聞いたら、上の階の収蔵庫にあるから行ってみろって。行ってみたら、「ここにしまってある」って見つけてくれた。「おまえ、何者だ。名前書け」って言われて、住所と名前書いたら、「何でこんなの見たいんだ」って聞かれて、「俺は虫が好きで、この人の絵に昔からずっと興味があった」と答えた。「それなら見ていい」って、本物を見せてくれたよ。五〇〜六〇枚束ねてあって、「写真は撮るな。スケッチはしてもいい」って言われてね。

南 ほおーっ。

池田 それで、イギリスはすごいと思った。日本でそんなこと、円山応挙の絵見せてくれとか言ったって絶対見せてくれないよね。そういうところにも、日本とイギリスの文化の違いがあるよな。

養老さん（養老孟司《ようろうたけし》、解剖学者）も言ってたけど、大英博物館は、タイプ標本っていう世界に一個しかない種の基準になる重要な標本を、貸してくれって頼むと貸してくれる。手順を踏んで、こいつはしっかりしてると思われれば送ってくれるんだよ。日本はよほどのコネがないと貸し出しなんかしてくれない。

壊されちゃうことだってあるんじゃないかと思って、キュレーターに「壊れたらどうすんだ？」って聞いたら、「研究に使っていれば、壊れることもあるよ。その時はその時だ。壊れても全部なくなるわけじゃないから大丈夫」と事もなげに言われて、やっぱすげえなって感心した。日本は文化の面でも、細かいことを気にし過ぎだよね。

†脳の使い分けと発達

池田　南さん、音楽はどう？　僕は音痴だし、全然駄目だったけど。

南　音楽は……無知です。音楽で点数付ける時って、小学校だと音楽の先生のピアノの伴奏に合わせて歌わせるって方法しかないみたいで。単にでっかい声を出したら点数いいんです。で、とりあえず思いっきりでっかい声出してたから音楽の点はいつもいいんだけど、音楽理論みたいな音符とか読むやつ全然駄目でした。いつもインチキして音符にフリガナつけてたし。

池田　僕も、音楽理論とかさっぱりわかんないし、読譜もできない。

南　『いい絵だな』で伊野くんと対談してた時、「南さん、音楽のこと何にも知らないすね」って言うから、「オレは音楽のこと分かんないから、音楽の話になったら黙ってるよ。だから絵のことを知らなくて、あんまり口を出しちゃいけない、ってなっちゃう人たちの気持ちも分かる」って言ったら、妙な間があったな（笑）。

池田　うちの子どもやかみさんはショパンが好きでさ。目が見えないピアニストの辻井伸行さんはショパンをよく弾いてるけど、かみさんと子どもが辻井さんのファンで、コンサートも行ったんだって。俺はプロのピアニストなら誰が弾いても、みんな上手《うま》く聞こえるから違いがよく分かんないけど、ピアノは上手い人が弾くと音が違うって言ってた。

南　一九四七年生まれの僕らが小さい頃って家にはラジオしかなくて、音楽はラジオを通して聞くくらい。ラジオで鳴ってる音楽は勝手に耳に入ってくるから自然に覚える。僕は中一中二ぐらいの時に、ラジオからよく流れてたアメリカのポピュラーソングはたいがいメロディー覚えて、曲聴くととても懐かしい。不思議なんだけど歌手の名前とかも覚えてるね。デル・シャノンとかアルマ・コーガンとかジーン・ピットニーとか別に覚えようとしたわけじゃないのに。

僕らの世代は再生装置を身近に持ってたかどうかで、差が出るんじゃないですか？　自分でレコードを買って、家の再生装置で繰り返したくさん聞いて耳が慣れると、許容度も広がって趣味になったりする。

スマホとかでいつでもどこでも好きな時に好きな音楽が聞けてる今の若い人には「再生装置？」（笑）。なんのことやらでしょうね。

池田　環境の前提が違うからね。脳は八歳ぐらいまでに基本構造が決まるからさ、それまでに頭の中にどんな刺激が入るかによって、その後も違ってくるというのが辻井さんのケースじゃないかと思うんだよね。

辻井さんは生まれつき目が見えないから、おそらく脳の後部にある後頭葉が空いていた。後頭葉の神経細胞は物を見るのに使われていて、視覚で得る情報が来ないと、シナプスが繋がらない。シナプスは神経細胞の情報を伝える部分で、脳は神経細胞がシナプスで情報をやりとりすることで機能しているんだけど、情報が入ってこなければ繋がる必要がないからね。だからしばらくすると、後頭葉の神経細胞が死んじゃうことになる。そうなると、手術とかで視力を取り戻しても「見える」ようにはならないんだよね。

例えば、最初に白内障の手術を開発した医者が、先天性の白内障で目が見えない一九歳の男の子の手術をしたという話がある。「これで治るから、見えるようになりますよ」と言われて手術したけど、ちっとも見えるようにはならなかったという。その男の子は、目が見える時に働く後頭葉の神経細胞がなくなってて、手術で目は見えるようになったのに、脳が働かないっていう状態だったから。

目はよくカメラに譬《たと》えられるけど、見えるものを写すだけで、その画像を「見える」ようにするのは脳なんだよね。画像の情報が脳に送られて、後頭葉のさまざまな神経細胞がシナプスで情報を伝達し合って「見える」ようにしてる。視力と見るための神経細胞の両方が揃わないと、「見える」とはならないんだよ。

辻井さんの場合は、生後七カ月ぐらいの脳がまだ小さい時から、お母さんが音楽のCDをいっぱい聞かせた。脳は場所によって機能が違う分業制で、音楽は通常では右の側頭葉で聞いてるんだけど、小さいからあふれちゃったんだろうね。それで、目が見えない人の後頭葉は空いてる状態だから、その部分が音楽脳に変わっちゃったのかもしれない。だから、あれだけ上手く弾けるんじゃないかって思うんだよ。

通常、音楽は右の側頭葉だけでやっていて、左側部分の左脳は言語に使っている。

脳の使い分けをそういうふうにしているんだけど、音楽がものすごく天才的な人の脳を調べると、左脳も使ってるみたいだね。音楽の天才は使ってる部分が通常より広くなって、その分、才能があふれてくるんだと思う。
将棋の藤井聡太さんも、小さい時から将棋をしてたというから、通常とは脳の使い分けが違うんだろうね。どこか別の場所が将棋脳になってるんだと思う。

南　おフザケの脳の解剖図みたいなのありますよね。金のことばっかり考えてる人は、脳の中に「金金金」って書いてあるやつ、「女女女」の人とか(笑)。辻井さんや藤井さんは、それが音符だったり駒だったりしてるんでしょうね。

†才能は脳の偏りである

池田　脳は大脳、小脳、脳幹に大別されて、脳のほとんどを占めるのは大脳で、「脳」と言ったら大脳を意味することがほとんどなんだよね。見たり聞いたりする機能だけではなく、思考とか感情とか人間らしさみたいのは、大脳の働きによるものだから。
養老さんが詳しいけど、脳の発達はトレードオフだからね、こちらが発達すれば向こうは発達しないという。脳の前側の前頭葉という部分の後ろのほうに、ブローカ野っていうしゃべる時に使う脳領域があって、そのすぐ上のところに運動野がある、運動する時に使う。運動野が発達するとブローカ野に食い込むから、運動がうんと上手な人は話すのが得意じゃなかったりする。昔の人でいうと、長嶋茂雄とか全盛期の貴乃花(花田光司)とか、話すのがあまり得意じゃないように感じた。逆に話すのがとても上手な人は、運動が苦手だったりするんだよな。

そう考えると、完璧な脳の人っていないんだよ。才能っていうのはいわば脳の偏りなんだよね。どの機能も全てパーフェクトな人は、どれも飛び出てないから天才的にはならない。養老さんに「天才って何ですか」って聞いたら、「天才ってのは頭が壊れてるやつだ」って言ってたけど。

南 同感です。普通の人と違うことができたり考えられたりできるのは普通のことが苦手だからです。

池田 なかでも偏りが大きいのが障害者の人じゃないかと思う。

南 ウマの絵をものすごく上手に描いた、天才少女の話があるじゃないですか。

池田　ナディアっていうイギリスの女の子ね。知的障害のあったナディアは、三歳の頃からすでに、大人顔負けの絵画の才能を発揮して周りの人たちを驚かせていた。一日中、絵を描いて過ごしてて、動物や人物をものすごく写実的に、レオナルド・ダ・ヴィンチの絵みたいに描いたって言われてるよね。ただ、乳幼児期から言葉はまったく話せなかった。

南　かわいそうだってなってナディアは言葉を教えられたことで、だんだん普通の子どもが描くような絵になっちゃった。混沌の話みたいですよね。絵の才能っていうのは固定しないいんですかね。脳の使い分けの話でいうと、新たに言葉を覚えることによって、言葉の機能に一度侵入されると、もともと持ってた観察力がなくなっちゃうとか？

池田　本来は言語を司る脳の部分も使って絵を描いてたんだろうけど、その部分が言語のために使われるようになって、その分絵に使う領域が減っちゃって、それでうまくいかなくなったんじゃないかな。おそらく、もともと彼女の脳は絵を描くことにかかわる部分が圧倒的に大きかった。言語を司る部分が、絵を司る部分に置き換わっていたからだろうね。そのおかげで、天才的な絵の才能を発揮していたと考えられる。

南　あー、なるほど。わかりやすい。

池田　ナディアに言葉のトレーニングを始めたのは七歳頃で、脳の働き方を変えやすい可塑性《かそせい》に富む時期だよね。徹底的な言語訓練によって、言語を司る部分が本来の機能に戻ったんだろうな。そういうトレーニングをせずに絵の才能が固定されていたら、絵は天才的なままだったかもしれないけど、コミュニケーション能力がなかったら生活していくのが大変だったと思うよ。一生懸命言葉を覚えてしゃべるようになると、絵が下手になったというけど、普通の女の子と同じようになっただけのことだよ。

南　言葉が理解できないと、本人は生きてく上で相当つらいでしょうね。何を言われてるのかわからないし、自分の気持ちも伝えられない。

池田　特殊な才能がある人で、社会的能力が欠けてるケースをサヴァン症候群って言うんだけど、どこか生活上で苦労する人が多いよね。ぎりぎりのところで、綱渡りみたいに何とか生きてる人は天才になるんだろうな。画家の山下清も軽いサヴァンだったと言われている。

才能と社会性っていう話だと、『障害者支援員もやもや日記』（松本孝夫著、三五館シンシャ、二〇二三年）という本が、いろいろ面白い。障害者は脳のズレが激しいのだというのがこの本を読むとよくわかる。ズレ方によっては、ある才能だけ天才的だって人もいるんだろうけど、日常生活が問題なくできないと、苦しいことは苦しいだろうなって思う。

僕が一番面白かったのは、時間感覚の違いの話。毎朝、施設の近くのバス停からバスに乗って、仕事に行くっていう障害者の話なんだけど、じゅうぶん間に合う時間に施設から送り出しても、その人は途中で立ち止まって独り言をぶつぶつ言い始めたりとか道草みたいなことやって、結局バスに乗り遅れていつも遅刻して、勤め先の社長から「これ以上遅刻したら首にする」って言われちゃった。

それで支援員が、どうもこの人は短期的な時間の感覚が、通常とは違うんじゃないかって考えた。会社が午前九時に始まって午後四時に終わる、という長い時間感覚は分かっている。そこで「（ピッピッピッピ）今、午前八時一五分二〇秒をお知らせします」とか時報みたいに音声が出る時計をその人に持たせて、二週間くらい自分も一緒にバス停まで歩いて行ったんだって。そしたらぴたっと直って遅刻しなくなった。その人はおそらく短期的な時間の感覚がよく分からなくて、それが分かるように生活に組み込むことができたら、もう遅刻しなくなったっていう話でね。支援員はよくそういうことが分かったな、すごいなと思って。

†老人は無計画なほうが幸せ

南　アハハ。オレも時間感覚違うかも。先のことがよく分かってなくて、大体何か失敗する時って、それが原因になってること多いです。普通は先々まで、ちゃんと考えているじゃないですか。これから先どうなるかとか、あんまり考えられないんです。

池田　年取ると、南さんみたいなほうが幸せだよ。先々っていっても、一〇年先のこと考えたってしょうがない、僕らの年だと死んでるかもしれないし。四十代の頃は、六十代まではこういうことしようとか思ってたけど、七五過ぎると衰えていくだけで、計画とか考えたって実行するのは大変だよな。

年取って楽しく生きてる人って、たいてい刹那的に生きてるよね。刹那的っていう言い方は良くないかもしれないけど、今日は何をするかとかが分かってれば困らない。和田秀樹（医師）が『70歳が老化の分かれ道』（詩想社新書、二〇二一年）という本を書いてたけど、七〇歳ってまだギリギリ何とかなりそうなところでしょ。七五歳にもなると、さすがに体にガタがきたと思う。六十代、七〇歳ぐらいまでは、別に全然どこも悪くなかったから、このままいけるかなと思ってたけど、いきなりってこともないけど、本当にガタくるよな。昔と違ってきても別に気にもしてないし、悲しいわけでもないけどさ。八十代の養老さん見てると、よくまあ元気だなと驚くよ。

南　養老さんはこの間病気されてから、前よりは年相応なところも出てきたのかもしれないけど、その前はめっちゃくちゃ元気でしたよね。

池田　入院してだいぶ治って、退院したらまた元気になったよ、『養老先生、病院へ行く』（中川恵一氏と共著、エクスナレッジ、二〇二一年）なんて本出してね（笑）。養老さんだけだよ、この題名で売れるのは。相当売れたそうで、次は『養老先生、再び病院へ行く』（同前、二〇二三年）っていう本も出して。出版社も商魂たくましい。

南　〝養老先生、またまたまた病院に行く〟とか、元気なうちはいくらでも出せる

（笑）。

池田　最後は〝養老先生、病院に行って帰らず〟ってなるんだろうけど。「旅人かへらず」って、西脇順三郎の詩みたい。

一昨年なんか台湾行って、元気に帰ってきてたよ。俺も誘われたんだけど、ワクチンを打つのがいやで行かなかったんだ。俺は新型コロナのワクチンを二回しか打ってないんだけど、その頃は外国に行くには三回打たないとうるさかったからね。向こうでPCR検査で引っかかって止められたりしたら足手まといだろうし。

ワクチンについては腹立ってるから、三回目は絶対死んでも受けないと決めたんだよね。二回目の時までは、いろいろと自分なりに情報を集めて、打ったほうがよさそうだって打ったけど、三回目になった時に新しい情報がいっぱい入ってくると、三回目のワクチンなんて効かねえよと思った。

あれも、差別もいいとこだよな、年寄りは打たなきゃ死ぬみたいな論調でさ。年寄りをどうして差別するのか分からない。俺たち団塊の世代が、日本を食いつぶしたとか言ってるやつもいるよな。だけど、団塊の世代が一九六〇年代くらいからの日本の繁栄を導いてきたんだよ。その遺産を自分で食いつぶしてるわけで、批判される覚えはないよ。多くの人は真面目に働いて生きてきた、それだけのことだよね。

†一〇年前の自分と今の自分は同じじゃない⁉

池田　養老さんとはしょっちゅういろいろ議論してたから、「それは俺が考えたのか、池田くんが考えたのかよく覚えてない」って言ってたよ。養老さんとは考えてることが似てるんで、どっちが先に考えたことなのか区別がつかなくなるんだね。

最近はずっと同一性について考えてる。同一性ってどういうことかというと、世の中の事象は連続的だから、人間は、それを適当にまとめて、レッテルを貼って、呼称を付けてっていうことをしてるわけだけど、それがズレることがある。すると、そのズレから面倒くさい問題が派生したりするんだよね。

戦争を例にとると、自分の持っている正義と相手の持っている正義があって、正義という呼称は同一だけど、それぞれの正義にどうしてもズレがある。そのズレがもとで、戦争が始まってしまう。そういうことを分からない人がたくさんいるから、話がややこしくなる。

南　同一性、面白そうですね。僕は似てるってのにすごく興味あるんですよ。

池田　同一性の話はいくらでもしたい。同一性と差異性っていうのは、ずっと哲学の大問題だった。ヨーロッパ人は同一性の根拠には実体があるという考え方をしていた。古代ギリシャの哲学者プラトンが考えたのは、イデア。イデアは簡単にいうと事物の本質という意味で、たとえばネコのイデアはネコをネコたらしめている核心的な何か。ネコはなぜネコなのかというと、ネコのイデアが入ってるからネコだという。これが西洋の考える同一性についての根源的な考え方。

だから同一性というのは、とにかく普遍で不変のものとなる。それが物理学につながってくるわけだ。物理学で例えば水素なら、実体として変わることがない陽子と電子から成るという考え方で、それが西洋の哲学からきた伝統なんだよ。ものすごく単純化して説明するとね。

南　同一性は、哲学、科学の入口ですね。

池田　でも生物の場合は、ネコを解剖したらネコのイデアが見つかるかというと、それはない。あるいは生物のイデアというのがあったとしても、それは途中で進化するから変わるわけだ。突然変わるのか徐々に変わるのか、その時に何が起こってるのかが問題になる。

例えば、Aって生物がBっていう生物に進化して変わった時、AをAたらしめているイデアと、BをBたらしめているイデアがあるとすると、それが徐々に変わったら、普遍で不変という同一性の定義に反するからイデアじゃない、突然ポンッて変わるしかなくなる。だけど、本当に突然ポンと変わるのかな。徐々に変わるとしたら、種は定義できないことになるんじゃないか。その辺りをどうやって考えるかだよね。

人間とは何かって考えた時に、人間を人間たらしめている本質っていうのがあるのか。そんなものはないと思う。でも人間は、それをあるかのように考えて、連続しているところを恣意的にどこかで区切ってまとめて、これが同じだから本質ですよと決める。そういうことをやっていると思うんだよ。

自我ってあるじゃない。僕から見れば、一〇年前の南さんと今の南さんは違うんだけど、南さん本人は、自分はずっと同じ自分だと思っている。だから自我は変わらないと思える。一〇年前の俺と今の俺は、違う人間だと思ってないでしょ？

南　思ってない。

池田　養老さんにその話をして、「一〇年前の俺と今の俺は全然違う、細胞は新しいものと入れ替わっていて、細胞を構成する分子も変わってるのに、何で同じなんだ？」って言ったら、「それは、借金取りが困るからだよ」って(笑)。一〇年前の俺と今の俺は同じ人間じゃないから、一〇年後については知らねえよとか言ったら、誰も金貸してくれなくなっちゃうって。

南　アハハ。

池田　細胞はどんどん変わっているのに、自分の頭の中で自我は不変だと思っている、それはなぜかって、ずっと考えているんだよね。

第2章

最強の老人ってなんだ

†トキソプラズマに感染した脳

池田　ちょっと違う話、してもいいかな？　南さんに会ったら、話そうと思ってたことがあってさ。

南　是非、聞きたいです。

池田　僕の知り合いに、澤口俊之くんというノーベル賞の候補にもなった天才的な脳科学者がいるんだよ。バイク事故を起こしてずっと治療してて、やっと回復して復帰したんだけど、澤口くん、トキソプラズマに絶対感染されてると思うよ。

南　なんすか？　トキソプラズマって？

池田　マラリア原虫に近いタイプなんだけど、トキソプラズマはネコのお腹の中でしか生殖ができないんだ。ネコのお腹で増殖して胞子みたいなものを出して、ネコの糞《ふん》の中に排出される。その胞子が、人間も含めた別の生物の体に入っていって感染するわけだ。だけど、ネコ以外の生物の体内では繁殖ができないから、感染した生物がネコに食われないと子孫を残せないので種の存続が危うくなる。で、どうするか？

感染した動物の脳を操って、ネコに食われやすくするんだよ。ネズミを例にすると、ネズミがネコの糞に入ってるトキソプラズマを食べると、そのトキソプラズマがネズミの脳に入り込んで、ネコを怖がらないようにコントロールしてしまう。ネズミは本来ネコが来ると危険だからすぐ逃げるものだけど、トキソプラズマに脳を操られるようになったネズミは、ネコが来ても全然逃げないでうろちょろしているからネコに食われる。

トキソプラズマは哺乳類の脳を操って、恐れをなくすように作用するみたいだな。だから、勇敢になってびびらなくなる。ネコがネズミを襲うのは習性でもあるからしょうがないけど、人間も感染すると脳を操られて同じようになるらしい。普段だったら慎重な人が、トキソプラズマに感染されると大胆になってしまう。バイクに乗っていて、こんなところ曲がれないよっていう場所でも「大丈夫！」と思って曲がって、事故を起こしたりする。

南　澤口さんが？

池田　だって、澤口くん、三回もバイク事故を起こしてるんだよ。三回目の事故は結構ひどいことになったけど、立ち直って生きてるから本当に運が良かった。

フランスの統計だと、フランス人にはトキソプラズマに感染している人がすごく多いんだ。トキソプラズマに感染していると、交通事故を起こす確率が感染していない人に比べて二・六倍高いというデータもある。

ベンチャー企業を興して成功するような連中も、感染している確率が高いと思う。だから感染すると大金持ちになる確率も高くなるけど、逆に大失敗して全財産を失う確率も高くなる。株に投資して大儲けする人や全財産を失う人も、多分感染してるね。普通の人は、そんなヤバイこととしないからさ。

南　へえー、そういうことか（笑）。

†変なかたちでも、生物は死なない

南　僕は、池田さんに会ったら、聞きたいと思っていたことがあって。

池田　なに？

南　擬態の話。どうやったらあんなにソックリになるのかって……。

池田　あっちこっちで、だいぶ話しているんだけど、擬態は半分はインチキだと思っている。普通は「こういう形だから、この生物はうまく生きてるんですよ」って言うじゃん。でも俺の考えでは「変な形であっても、死なないで生きてる」と言うべきだと思うよ。

生物には、大きさに応じて斑紋《はんもん》パターンを決定する変換関数みたいなのがあって、例えば、あるグループだと、このぐらいの大きさになるとこういう斑紋になるとか、決まってくるんだよね。それが、たまたま生息している場所の植物の色とかに似てると、擬態とか言うんだけど、生存に有利な形質のものが子孫を残すという自然選択の結果、徐々に似てくるわけじゃないと思う。もちろん、似た後で機能する場合もある。似てるから、他の生物に食われにくいとか。だけど、機能しない見てくれだけの擬態もあると思うよ。

南　熱帯のジャングルにいるコノハムシとか、ものすごく上手じゃないですか。虫なのに、葉っぱにしか見えない。むちゃくちゃ手がこんでる。

池田　コノハムシの雄は擬態しないし、飛ぶんだよ。雌だけだよ、飛べなくて、あんなにのろのろとしか動けないのは。葉っぱに擬態しなかったら、すぐ食われちゃうのかもね。

南　葉っぱに似てるやつが、生き残ったってこと？

池田　とりあえずそうだろうと思う。雄だってちゃんと生きてんだから、雌も雄と同じように飛べば、別に擬態しなくても死なずに生き残るはずでしょう。なんで、雄は擬態しないで、雌だけあんなややこしい擬態をするんだって思うわけだよ。そういうことについては説明しないで、都合のいい説明だけする。だから、生物が環境に合わせる適応論って怪しいんだよ。

　ナマケモノも擬態しているから死なないっていわれるけど、食われそうになったら擬態なんかしてないで、とっとと逃げればいいじゃん。何で、あんなにじっとして動かないんだ？

南　なまけ者だからでしょ（笑）。

池田　よく生きてると思うよ、絶滅してもおかしくないのに。ナマケモノは、オウギワシに食われちゃうんだよね。オウギワシは全長一メートル、翼を広げると二メートルにもなる世界最強の猛禽類《もうきんるい》で、餌の半分以上はナマケモノなんだよ。ナマケモノがいなくなったら、多分、生存できないと思う。

南　オウギワシ、なまけ者に依存して生きてる（笑）。

池田　ナマケモノが絶滅しないのは、もしかしたらオウギワシがコントロールしてるからかもしれないね。これ以上食うと、餌が足んなくなって自分たちが滅ぶから、このぐらいにしておこうって。分かんないけど。

南　あー、そうか、あり得るね。頭いいすね。

池田　ライオンも、結果的にそうだよね。狩りがすごく下手で、成功率は二割から三割じゃん。ほぼ成功とかになったら、ライオンの数は増えるだろうけど、餌がどんどん減ってくから、共倒れになっちゃうよな。

食う、食われるの関係のバランスをうまく取っている生物だけが、生き残っているんだと思うよ。そういう意味では、人間はヤバイよね。人口が増え過ぎて、餌が足んなくなってきているから。オウギワシやライオンを見習ったほうがいいよ。

南　やっぱり！　面白いなあ。池田さんの話は。

†認知症にはいい面もある

池田　澤口くんとも自我について話をしたことがあって、彼は、自我は前頭葉の前頭連合野という場所に局在していて、その中で神経細胞がぐるぐるコミュニケーションして、その結果出てくるものだって言ってた。だけど、前頭葉の細胞の中身だってどんどん入れ替わっているし、コミュニケーションのパターンも昨日と今日は違うのに、どうして同じ自我がそこにあるのかっていうのが、俺の興味なんだよね。

南　細胞が全取っ換えになっても、脳は変わらない。

池田　正確に言うと、脳の細胞自体は分裂しないから新しい細胞に変わることはないんだけれど、脳の細胞を構成する分子が毎日新しいものに入れ替わっている。構成する物質の種類は変わらないから、細胞がクルマだとすると、部品を新しいものに変えてるようなものだね。だから昨日の細胞と一カ月後の細胞では、中身を構成してる物質が違うものになっている。

それから、シナプスのつながり方も常に一定じゃない。どうつながるか、どうコミュニケーションするかっていうのは、どんどん変わっているわけだから、自我を作り出しているプロセスもどんどん変わっている。どんどん変わっていくにもかかわらず、自我が同じだと思うのはどうしてなのかっていう問題ね。

我々が自我だと思っているものは、厳密にはどんどん変わっているにもかかわらず、ある範囲の中で変化しているものに関しては「これは同じだ」と思うことができる。人間はそういう能力を根本的に持っているんじゃないかと俺は思う。

だけどあまりにも変化しすぎて、ある範囲を超えてしまうと、自我の同一性を保つのが難しくなって変調をきたす。その一例が、統合失調症だよね。いきなり統合失調症を発病した人に話を聞くと、「ドアを開けたら世界が変わってる」と言う。すごく怖いみたいだよ。でも、変わったのは世界じゃなくて自分なんだよね。自我に変調をきたして、それまでとは現実の認識の仕方が全く違うようになってしまった。

ただ、自我があるといっても漠然としたもので、「昨日の私と今日の私はちょっと違うな」と思う時もある。でも、それは通常の感覚の範囲内。「一〇年前の私と今日の私はかなり違う」と思っていても、自我としては同じだと思い込んでいる。地震に譬《たと》えれば、揺れを少ししか感じない程度の小さな震度で、自我が揺らぐことはない。

それに対して統合失調症の発病は巨大地震が起こったようなもので、いきなり自我が大きくズレてしまう。ドアを開けたら世界が一変していたという感覚も、巨大地震に似ているよね。とてつもない恐怖を感じるのは当然だと思う。

南　そうねえ、まるっきり変わっちゃったら。

池田　通常は自我が衰えていっても、似ている状態で何となくつながっているから、自我がずっと不変だと思い込むんだよ。その自我がなくなるっていうことは、自分の中にある同一性が消えちゃうことだから、人は死ぬのが怖いんだろうな。

宗教はほぼ全部、自我不滅説をとっている。死んだ後でも心は残っている、魂は永遠だと説く。死の恐怖を和らげるためだろうね。心や魂は何かっていうと、自我だから。

死ぬのが怖くないのは、認知症の人。前頭連合野は思考や創造性、意思決定といった役割を担う脳の最高中枢なんだけど、ここの細胞がかなり減っているから、自我を構成するプロセスがうまく作れなくなって、自我が薄くなるんだよね。そうすると、死ぬのが怖くなくなってくる。

認知症になるのを恐れている人が多いけど、認知症にはいい面もあるんだよ。死ぬのが怖くなくなるということ、それから痛みを感じにくくなること。

南　それはいい。痛いのやですよねえ。

池田　がんの末期に痛みに耐えかねて、鎮痛剤のモルヒネを打ってくれとか言うのはだいたい健常者で、認知症の人はあまり欲しがらない。痛みに対する感受性が、全然違うみたいだね。だから神様は人生が終わる頃に、認知症にしてくれるのかもしれないよ、死ぬのが怖くなくなって、痛くなくなるように。

それから、認知症の人の一部にはすごく楽しそうな人いるよな。女の人にそういう人が多い気がする。女性は九〇歳過ぎると平均六割以上の人は認知症になるんだけど、そんなに悲観しなくてもいいんじゃないかな。

俺の友達のお母さんが介護施設に入っていて、グループで活動する時に一グループ四、五人ぐらいに分かれるんだけど、その中で自分だけ認知症じゃないからすごく寂しいって言ってた。「他の人たちは、みんなで自分にはつまらない話をして、にこにこ笑って面白がっている。でも私は退屈。だから早く認知症になりたい」なんて言ってるらしいけど、「なりたい」って言ってなれるもんじゃない。南さんは、『おじいさんになったね』（だいわ文庫、二〇一九年）に、年寄りは機嫌がいいやつのほうが長生きするみたいなこと書いてたよね。

南　どうせならご機嫌なほうが……ねえ？

†「似てる」は一点豪華主義

池田　人間の持っている同一性って、ずっと保たれるわけじゃなくて、どこかで切れちゃうんだけど、一番根本的なのが自我の同一性だろうね。それを持ってるおかげで、いろんなことが分かるものだから。

南　「同一性」って言うと厳密な話になっちゃうけど、「似てる」って言うと曖昧じゃないすか。「これとこれが似てる」という発想は日常的にしてるけど、それは「これとこれは同一だ」というのとは違う。「同一」はもっとゲンミツ。

池田　「似てる」と「同一」は確かに違うけど、「似てる」っていうのは、メタレベルの同一性みたいなもので判断してるわけだよね。だから「これとこれは似てる」「これとこれは違う」という時に、違うか似てるかを判断する基準っていうのは何らかの同一性なんだよ。実体ということではなくて、動いている動的なところで、ある茫漠としたようなまとまりがあると「これは同じだって見なす」って捉える。

もともと違うものを似てるから同じだと見なすっていうのは、言葉がそうだよね。同じ「ア」でも、違う人が発音したら違う「ア」になる、厳密に言えばね。でも会話というのは、それを全部同じだと思うことで成り立っている。人は違うものを同じだと思い込むことができるわけだよね。

例えば「コーヒー」って僕が発音するのと、南さんが発音するのとでは違うけど、それを聞いた人はどちらも「コーヒー」って言っていると分かる。もっとも俺は「ヒ」を「シ」と発音したりする江戸弁だから、気をつけないと「コーシー」になったりすることもあって、むちゃくちゃなんだけどさ（笑）。

南　コーヒーとコーシーはほぼ同一（笑）。

池田　厳密に認識すると、これとこれは違うんだけれど、人間は適当にごまかして、この辺までなら同じにするってことができる。だけど、コンピューターにはそれができない。人間はコンピューターにはできないことをやっているんだよね。

南　コンピューターの場合は、厳密じゃなくするほうが難しいんじゃないですか。

池田　そう。人間が言う「似てる」は、コンピューターには分からない。だけど人間同士でもふたつの物を比べて、「これ似てるね」っていう人がいたり、「全然似てない」っていう人もいたり、面倒くさいけどね。

南　それでムキになって結構けんかになったりする。何か、不愉快なんでしょうね（笑）。

池田　人の顔でも、「誰かに似てるね」って言っても、「全然似てないよ」とか言われることがあるよね。自分の脳の中で、ピックアップしてるところが違うんだよな。

南　そうですね。

池田　コンピューターみたいに、人の顔を上から下まで全て等価に入力していないから、人間は。どこかだけすごく力量を入れてインプットしているんだよね。だから目をすごくよく見ている人は、目がちょっと似ていると、うんと似てるなと思う。輪郭を特に注目している人は、そこが似てないと、全然似てないってなる。

南　昔は、コンピューターにはパターン認識はできないってなってたじゃないですか。今は、それを何とか克服しようとして、パターン認識的なことができるようになっているけど、根本的なところが違いますよね。「なんとなく似てる」っていう、いい加減なとこがコンピューターには理解できない。

池田　僕らが似てるって思うのと、コンピューターが似てるって判断するのは、やり方が多分違うんだと思う。コンピューターは細かく同一性をパカパカ切って、これぐらいの確率だったら似てるとかいうふうにしてるけど、僕らはそんなことしなくて、一点豪華主義みたいな感じで、一つだけぱっと切り取って「これ似てる」とか言う。計算なんかなしで、見た瞬間に決める。

†生物は最強、似顔絵も最強

南　ＡＩ（人工知能）がいろんなことができるって言ってるけど、似顔絵はＡＩにはできないと思うんですよ。人間が描く似顔絵みたいなものはＡＩには描けない。写真みたいに本物そっくりに描くとか、そこから略すみたいなことはできるけど。

池田　僕らが似顔絵を見て「似てる」って思う絵は、一番の特徴を捉えて、そこだけを大きく強調して、あとはどうでもいいように描いている。

コンピューターに、どこを強調するかをやらせるには、そのために必要なアルゴリズム（計算手順）を入れなきゃならないから面倒くさいよな。コンピューターは情報を0と1で表す世界だから、桁数をどんどん増やしていけば、いくらでも情報を入力できるけど、どっちかって言うと0より1に近いという、人間の持つ同一性の感覚をそれに置き換えるのは至難の技だろうね。正解かどうかすぐ判断できないような、変なことが起こると駄目だから。コンピューターが一番苦労するのは、人間が同一性を使ってやってるようなことを真似して何かすることだね。それが難しい。

逆に言うと、コンピューターは正解があらかじめ分かってることについては素早く回答できる。将棋みたいにルールがあるものは、コンピューターのほうが強い。今は、多分AIには誰も勝てないよ。

羽生善治さんが昔のインタビューで「コンピューターには、なかなか勝てそうもない。だけど始める時に、今回に限って桂馬は前じゃなくて横にも飛び越して進めますとか、ルールを変えれば、勝つかもしれない」というようなことを言ってたらしい。いきなりルールが変わっても、人間ならその場ですぐに対応できるけど、コンピューターにはできないからね、アルゴリズムを変更しないと。

南　おもしろいです。根本的なとこ突いてますよね。決まりがあるところから始まってることと、そうじゃないこととの違い。似顔絵だったら決まりなんかないし、なんか知らないけど「似てる」となる。面白がってくれることって、そうなんですよ。

人が「似てるね」って言う時、なんか面白がって笑ったりしますよね。なんで笑うのかなって思うんだけど、それ、うれしいからなんです。自分の中でその顔について認識していることが、似顔絵を描いた人と通じたっていう喜びがきっとあるんだと思います。だから似顔絵らしきものは、ＡＩにも描けるけど、そういう「笑える似顔絵」は描けない。

池田　計算して描いたことはそれなりでしかなくて、笑えないってことね。何か意表を突くとかびっくりするとか、そういうことがないと。似顔絵を描く専用のパソコンを作れたら、いくらでも似顔絵を描けるんだけど、最初に決めたルール通りの似顔絵しか描けないということだよね。

僕らが「面白い」って思うのは、途中でルールが変わってしまうことなんだよな。生物も、ルールが変わったって生きてるから進化するわけで。それ、生物のすごいところね。ルール通りにやってたら、魚類が両生類に進化するなんてことはない。

南 アッ、いいな。そうか、途中で変わる！

池田 途中でルールが変わって形態形成もルールが変わると、変な生物ができる。大概のやつは死んじゃうけど、たまに生き残るやつがいて、それが次の新しい生物のもとになる。なぜルールが変わるのか、それは分からない。ルールが変わるようなメタルールがあれば、それを探せばいいんだけど、多分そんなものはなくて、何かの加減で偶然変わっちゃうんだろうな。

人間もそういうところが生きてる面白さだよな。予測不可能な人生を嫌う人もいるけど、こうやったらこうなるって全部予測可能だったら、無難な人生になって面白くもない。何があるか分からないっていうところが面白いよね。

だから、似顔絵を見て人が感動する、面白がるっていうのは、思ってもいなかったけれど確かに似てるよねっていう意外性にあると思う。そういう似顔絵が出てきたら、確かに楽しい。これ、生物のすごい力だよ。

†顔面効果

南　顔って直感的に見てるから、言語化できないんですよね、なかなかできない。自分が分かってるってことが、ことばにできない。そこが面白いところなのかもしれないけど、わかってるのか、わかってないのか、わかってないんだけど、何かわかってる。そこにある。わかるっていうこと自体が、面白いっていうこととすごく関係してると思います。「顔を見るように、考える」。

池田　人間は四六時中、顔を見ているんだよね。朝起きて顔を洗って鏡で自分の顔を見る、家庭がある人なら家族の顔を見る、職場に行けば同僚や上司の顔を見る、職場に行く途中でも通りすがりの人の顔を見るでしょう。だから、顔を認識する脳の領域って相当でかくて、敏感なんじゃないかな。ちょっと顔に傷が付いたりすると嫌だなって思うのは、顔が一番インパクトがあるからだよね。女の人が化粧するのも顔でしょ。背中なんか一生懸命化粧したって、誰も見ないからね。

毎日、いろんな顔を見ないといけないから、脳の中で顔を認識するパターンが、ある程度決まっちゃってるんじゃないかと思う。よく言うんだけど、デスマスクを裏から見ると、出っ張ってるとこと引っ込んでるとこが、表とは反対になるよね。だけど、裏の写真を撮って一番高い所を聞くと、ほとんどの人は鼻を指すんだよ、鼻が一番低いのに。

人間の顔は鼻が一番高いって、脳に刷り込まれているから、そういうことが起こるんだと思う。おそらく脳には、人間の顔の原型が刷り込まれているんだろうね。それに合わせて顔を理解していて、鼻が一番低い人なんていないから、デスマスクを裏から見ても、鼻が一番高いって思うんじゃないかな。例えば風景とか顔以外だったら、高低を違えたりしないと思うんだけど、顔だけはどうも分かんないみたいだよ。だから、そういう点でも似顔絵って、なかなか面白い素材だよね。

南　そうですね。顔を見て何かを認識するのは、ＡＩでカバーしきれない部分がすごくあるような気がします。顔を見るための特別な脳の使い方があると思う。
顔を上下逆転した写真だと、表情が読み取れないんですよ。それは普段の生活で、上下が逆になった顔を見ることがないからだと思います。写真は撮る側から見た顔だから、自分が鏡で知ってる顔とは左右が逆転しているんだけど、でも表情は読めるんですよね。正対した顔は変な顔だと思わない。ところが福笑いみたいに目や口のパーツだけ上下逆転させたモンタージュ作ると、もう完全にだれだか分からなくなります。顔を見る脳の癖みたいなの、あるんじゃないですか。

池田　それはあると思うね。例えば、どういう顔が怒ってて、どういう顔が不機嫌かっていうアルゴリズムを作ろうと思ったら、めちゃくちゃ難しいと思うんだよ。だけど、人間はちょっとした表情で、その人が不機嫌かどうか何となく分かるじゃん。表情筋の微妙な本当にちょっとした違いを解析して、その人の顔から心を読み取ることは、今のAＩを使ってもそう簡単にはできないだろうね。
顔の表情には、その人の感情が一番出るよね。学生に注意して「分かった?」って聞くと、「はい、分かりました」て言うんだけど、顔には「ふざけんじゃねえよ、この野郎」って書いてあるのが分かるもんな（笑）。声ならいくらでも騙《だま》せるけど、顔の表情ではなかなか騙せない。笑顔なのに、目だけ笑ってないってこともあるし。だから似顔絵って、それを逆手にとってるようなところもあって、描いているほうは面白いと思うよ。似顔絵を描いて、自分ではあまり満足できる出来栄えではないのに、それを見て面白がられたりすることもあるんじゃない？

南　アハハ、ありますね。

池田　だから人によって、顔を見てどういうふうに捉えるか随分違うと思う。

†「わかる」「面白い」の根源には何がある？

南　人は意識してないことを「思ってもみなかった」っていうけど、思ってるんですよ、頭の中では思ってるんです、意識できてないだけで。「思ってもみなかった」無意識が、意識とつながる感じが面白さになるんじゃないかな。

例えば、池田先生が面白がってくれた『本人の人々』（マガジンハウス、二〇〇三年）に、僕がいろんな有名人の顔を真似た写真が載ってますけど、人によって評価がものすごくみんな違う。同じ写真見て、「全然似てない」と言う人がいるかと思えば、「ものすごく似てる」って言う人がいる。「あまりにも似てないのがおかしい」とか言ってくれる人もいますけどね（笑）。

「本人」を真似ている自分は、似せてるんだから似るのは当然で何が面白いのか分からなくなっちゃってるんだけど、結局、笑えるって、意識できてない頭の中にあったものが、はっきり分かるっていうか、分かり直すってことなんじゃないかな。今までぼんやり分かっていたけど、自分で意識できなかったことが、はっきり分かる形で見えた時に、ある種の快感がある。つまり面白いんじゃないか。

池田　頭の中でもやもやしてたものが、ピントが合うみたいにぴたっと合致する瞬間ってあるよね。そのときに「分かった」って感動したり、自分で「すごいな」と思うよな。分からなかったのが分かるっていう時だね。

中島義道っていう哲学者が友達なんだけど、ショーペンハウアーだったかの立派な哲学者の著作を読んでいて、「今まで霧がかかってるような感じでよく分からなかったことが、突然全部理解できることがある。それがものすごい快感で、そうなるとそれを人にしゃべりたくてしょうがない」って言うんだよ。「だけど、誰にしゃべっても理解してくれない」って。

南　アハハ、それは、そうでしょうねえ(笑)。

池田　古代ギリシャの天才的数理学者のアルキメデスが、風呂に入っている時に難題の解決方法を思いついて、大喜びで風呂から飛び出し「見つけた、見つけた」と叫びながら裸で街を走ったっていう逸話があるけど、それと同じような快感があるって言ってた。

僕も虫を見ている時、これとこれは同じ種だと思って見ていたのに、ある時これは違うっていうのが直感的に分かることがあるんだよ。分かってみると、今まで何でこんなことが分からなかったのかなって不思議になるほど、クリアに違うってことが分かるんだけど、分かるまではどこが違うのか全然分からない。そういうのってあるよね。

人間の認知の仕方については、ちょっと物事の見方を変えただけで、全然違った世界が見えてくるっていうことがある。そういうのが、楽しいとか面白いって思うことの原点なんだろうね。

南　おそらく科学者とか哲学者とかっていう特殊な人じゃなくても、発見ってもっと日常的にあると思うんですよ。意識してないけれども、なんか面白いなと思っている時って、何か発見した状態なんじゃないかな。

「似てる」っていうのはそれに近いんですよ。「似てる」って思った時に、何か分かってるんですよ。あるものとあるものが「似てる」っていうのをみんな面白がるじゃないですか。物まねだったり、似顔絵だったり。

　なんでそんなことが面白いのか分からなかったけど、今のお話を聞くと、ある種の快感があるんだろうなって。学問的な発見と同じメカニズムで、快感につながるっていうことがあるんじゃないかなって。他の人にとってはつまらないようなことでも、その人にとっては面白いっていうのは、そういうことなんじゃないか。

池田　「面白い」は、さっきの同一性の話にもつながるよな。人間は「同じ」が分かる。違うものを同じだと見なす能力が、人間にはあるということ。どう考えても「違う」もの同士を「同じ」と捉えるってことは「似てる」ってことだよな。

厳密に言えば全部「違う」わけだけど、ある人にとってこれとこれは「似てない」ものでも、別の人には「似てる」になることもある。「違う」もの同士の中でどれとどれが「似て」いて、どれとどれが「違う」かは、個人の感性によっても違うし、文化的にも違ってくる。

人間は自分の属する集団に対する帰属意識が強くて、パトリオティズム（愛郷心）という感情を多くの人が持っている。同じ場所で同じ文化だったりすると、そういう感情が生まれやすい。そうするとその国なり地方なりによって、「似てる」っていう感性も似てくる。だから、話さなくても何となく分かり合える人同士が集まっているところに、感性が違う人が来ると、あいつ何考えてるか分かんないってみんなに思われて、いじめられやすいんだよね。いずれにせよ「似てる」っていう共通の感性の話は面白いね。

動物は「違う」ことはよく分かるけど、「同じ」ことが分からない。イヌは飼い主の声が分かるから、飼い主が呼べば飛んで来るけど、別の人が呼んだって飛んで来ない。俺が小さい時に飼っていたコロっていうイヌは、俺が「コロ」って呼ぶと飛んで来るのに、友達が「コロ」って言ってもワンワン吠えるだけだった。

吠えられた友だちは、「こいつ、言葉が分からないバカイヌだ」とか言ってたけど、これって飼い主の俺が「コロ」って呼ぶのと、友達が「コロ」って言うのは、イヌにとっては全く違う言葉なんだ。知らない人間から言われると、自分の名前を呼んでるとは思わない。

人間は俺が言う「コロ」、友達が言う「コロ」、その他の人が言う「コロ」を言葉として、みんな同じだと思っている。声色や発音とかが違っても同じだと思う能力があるけど、イヌにはそれがない。だから、それは「違う」って吠えるわけだ。

†人間と言葉、サヴァン症候群

南　人間が言葉を話すことに、「似てる」「同じ」が分かることが関係しているとすると、前に話したサヴァン症候群の少女ナディアが、言葉を覚えたことによって持ってた絵画能力がなくなった秘密に、なんとなくつながりませんか？

池田　つながってくるね。ナディアは、ウマとかを正確に写すという能力が超人的だったというか、原始的な感覚として持っていたんだろうね。

南　だいぶ前にテレビで、チンパンジーが画面にぱっと出てすぐに消えた数字を正確に覚えてて、小さい順にちゃんと選んでみせるのを見たことがあります。僕にはとてもじゃないけどできない、無理だと思った。

池田　京大にあった霊長類研究所で、松沢哲郎さんがやってた実験だね。メスのチンパンジーのアイちゃんに、1から9までの数字をでたらめに並べたタッチパネルを見せたら、すぐに白い四角で数字を隠すんだけど、1から9まで順番にちゃんとタッチする。どこにどの数字があったか記憶してて、数字の並び方を変えて同じように隠しても大抵、全問正解なんだよな。

南　そうそう、それをすげえ面倒くさそうにやるんだよね（笑）。

池田　東大生を一〇人ぐらい連れていってやらせたら、誰もアイちゃんに勝てなかった。

カメラで写すように一瞬の出来事や情報を鮮明に画像でぱっと記憶する能力を「カメラアイ」っていうんだけど、カメラアイは人間よりチンパンジーのほうが優れている。人間はぱっと見た後、考えちゃうから、瞬時にそういう処理ができないってことだろうね。

だけど、カメラアイに秀でた人間も、ある割合でいるんだよ。ナディアもそのひとりで、それを絵で表現できる才能もあった。人間とチンパンジーの祖先は同じだから、カメラアイは祖先から受け継いだ能力で、かつては人間もその能力を誰でも持っていたのに、いつの間にか失くしてしまった人が、大方になっちゃったんだろうね。

南 ナディアの描いた絵の話になると必ず、レオナルド・ダ・ヴィンチばりに描けてるってなるんだけど、そんなことないって思うんですよ（笑）。レオナルドは描写力が超絶だった。サヴァン症候群の人は写真記憶が優れてて、自分の頭の中に見たものをそのまま鮮明に定着できてるので、自分の頭の中を見ながら、その上にトレーシングペーパーをのせてなぞるように描いてるっていう感じで、超絶なのは描写力じゃなく記憶力。もっともレオナルドにも写真記憶あったろうって、僕は思ってますけど。

絵が苦手な人は、頭の中で描く対象を言葉に直しちゃってるから、自分の見たものを再現することができない。

池田　頭の中で一回、概念に変換してるんだろうな。例えば、イヌを見て「イヌの絵を描け」って言われたら、描く人の頭の中は「イヌは脚が四本あって、尻尾があって……」とまず考えて、その概念を描く感じだよね。

南　で、概念的な絵になる。

池田　それって子どもの絵だよな。頭描いたら次に胴体描いて、脚は四本で尻尾もあったなって考えながら描いていく。頭の中でこね回すから、見たままに描けないんだろうな。

†脳の入力と出力

池田　テレビの仕事で、アスリートの奥さんの話を聞く番組に出たことがあるんだけど、そこでも似たような話をしたよ。

アスリートは、脳に入力した情報を瞬時に処理して出力に変換しなきゃいけない。例えばサッカー選手は、ボールがポンッて目の前に来たら、見た瞬間にどう足を蹴り出してボールをどうするか、判断して行動する。目から入った情報を脳内で処理して、運動に変換して出力しているんだけど、そのスピードが速ければ速いほど、優れたサッカー選手になれる。

スポーツが苦手な人は、頭の中でこねくり回すから、運動に変換するのが遅くなって、敵にボールを奪われちゃったりする。野球だと、バットを振り遅れちゃったり、今度はもっと早目に振ろうと思ってると空振りしたり。考えちゃうから、そうなるんだよね。

南　「考えるな、感じろ」って言ってたもんね、ブルース・リーも。

池田　アスリートが目指すのは、運動に変換する脳内の処理速度を上げること。瞬間プレイに長《た》けてるサッカー選手や野球選手とかは、その速度がものすごく速い。でも、それって、虫とか鳥の能力と同じなんだよ。

ムクドリとか群れで飛んでいる鳥は、見事にシンクロしている。隣のやつを見ながら、隣のやつの動きに自分も瞬時に合わせてるから、流れるように群れを組んで飛べる。くるくる回りながら飛ぶアゲハチョウのディスプレイも、隣のチョウの動きに瞬時に合わせて、シンクロしながら飛んでいる。入力と出力がほぼ同時なんだ。

だからトップアスリートは、ものすごく練習して、頭の使い方を鳥や虫に近づけようとしているわけだ。番組で「あなたたちの亭主は、人間じゃなくて鳥や虫を目指してます」って話したら「えー？」なんて驚かれたけど。

ゲームでも、キャラクターを演じるロールプレイングゲームじゃなくて、瞬間的にチャカチャカ敵を倒していくようなゲームが得意。アスリートの奥さんの一人が「うちの亭主、そればっかりやってます」って言ってた。普通の人よりも一〇倍ぐらい点数が高くて、誰も勝てないんだって。ゲームでも、鳥や虫の脳になる訓練をしてるんだな。

プロ野球のピッチャーは、時速一五〇キロ以上の球を投げてくることもあるから、バッターボックスに立って考えてたら絶対打てないよ、鳥や虫並みの能力がないと。

南　長嶋茂雄は打撃のコツ「ビュッときた球をガーンと打つ」って言ってましたね。

池田　凡人にはちんぷんかんぷんだよな。昔みんなでスキーに行った時、オリンピックに出たっていうインストラクターの先生に、「新雪はどうやって滑るんですか？」って聞いたら、「ここはシュッと行って、パッと入るんですよ」とか言われて、全然わからなかった（笑）。
自分はできても、そのやり方を相手にわかるように教えるのは難しいんだろうね。言葉で説明するのって、脳での処理プロセスが運動とは全然違うから。元トップアスリートで指導者としても有能な人もいるけど、全員がそうなれるとは限らない。絵も、自分で描く人と描き方を教える人では、違う才能が必要かもしれないね。

†言語と脳

南 友人の中村誠一さんってサックス奏者が、「人に教える時に下手な例を実際やってみせて、君は今こうやってたってついやっちゃうんだけどアレやっちゃゼッタイ駄目」って言ってました。やると、自分も本当の下手になっちゃう。

池田 確かに、下手な人のまねすると下手になるな。

南 中村さんて耳がいいから、東北の人の東北弁とか再現するのがめちゃくちゃ上手い。たとえばピンクのこと東北の人はピシンクって言うんだって。いわれるとそうなんですよ。ピとンの間にシが入ってる。

池田　それで言うと、地方から上京してきて、すごく才能のあるような人って、訛《なま》りが全然抜けない人が結構多い気がする。東京に二年ぐらい住んで、完璧な標準語を話しちゃうような人って、あんまり才能がないやつが多い気がするな。

南　へえーおもしろーい。標準語をしゃべるほうに、才能使っちゃったんじゃない？

池田　上野千鶴子（社会学者）も、いつまでたっても訛りが抜けなかった。僕の友達でも、訛りが抜けないやつが、優秀な研究者になったりしてる。すぐに標準語をしゃべるようなやつは、なかなかうまく才能が発揮できなくて、ちゃんとした研究者になれなかったりするね。訛りはあんまり直さないほうがいいのかもしれない。

南　協調性に乏しいのが優秀な研究者なんじゃない（笑）。

池田　いろんな言語を上手くしゃべれるようにならなくてもいいんじゃないかな。チョムスキーは言語学者だけど、英語しか話せないもの。同じ言語学者でもソシュールは、ものすごくたくさんの言語を話したけど。要は脳の使い方の問題なのかもね。

俺はちっとも語学ができるようにならなかった。早稲田大学にいる時は英語で講義してたけど、いつまでたってもジャパニーズイングリッシュで。

南　池田さん昔、オーストラリアの博物館で、仕事してましたよね。

池田　オーストラリアには行ってたけど、虫採りと魚採りしかしてなかったから。博物館に行くのは標本を見る時ぐらいで、一週間にせいぜい一、二回も行けばいいくらいだったかな。客員研究員という身分で、博物館から給料をもらってたわけじゃないから、行かなくても怒られなかったんだ。

当時、東京の雑誌（「宝島30」）で連載をしてたんだけど、そのゲラが博物館にファクスで送られてきて、それを取りに行ったりはしたね。僕の書いた原稿を、東京までファクスで送ってもらったりもした。全部タダでやってもらえたから、ありがたかったけどね。あとは収蔵されていた標本と文献を調べていただけ。それ以外、博物館では何もやらなかった。

一応、文部省（現・文部科学省）の在外研究員だったから、何のためにオーストラリアに行くのか、生物多様性の勉強をするためだとか、できれば語学の研修もしてとか、書類にそういうことを書いた方が通りがいいって学部長が言うから、そう書いて出してはいたけどね。

それで一年たって帰ってきたら、外国人が講演に来るっていう時に、学部長から「オーストラリアで語学の研修してきたんだから通訳しろ」とか言われて、俺が「無理ですよ。僕がそんなことできっこない」って断ったら、「おまえ、オーストラリアで何してたんだ？」って呆《あき》れられたんで、「オーストラリアでは生物多様性を研究してたので、毎日、魚と虫を採ってました。学部長は知らないかもしれないけど、オーストラリアでも魚や虫は英語しゃべりませんから、ちっともできるようになりませんでした」って言った（笑）。通訳は他の人に頼んじゃった。英語は全然駄目。

南　アハハ。

†人生が有限と思ったのは六〇歳

池田　「おまえの英語はひどい。おまえの女房のほうがよっぽど上手い」ってよく言われた。うちのかみさんのほうが、俺より英語が得意だった。英語は上手くならなかったけど、オーストラリアは面白かったよ。

行ったのは四五歳前後だったかな、その頃って、人生無敵だよな。怖いものが何もなくて、無限に人生があると思ってるし。俺は六〇過ぎになるぐらいまで、人生が有限だと思ったことなかったもんな。頭では分かってるんだけど、全然実感がなかった。

南　分かってないですよね。

池田　自分の主観としては、人生って無限だと思ってるよな。

南　思ってます。

池田　思ってるから、虫の標本もめちゃくちゃ集めるし。この年になってやっと、人生は有限だと実感できるようになって、標本はもうこれ以上はなるべく集めないことにした（笑）、管理できないから。

虫の本もなるべく買わないようにしてる。昔は読みっこないのに、外国の虫の分類の文献とか、いろんな本をごちゃごちゃ買い集めてたんだよね。その時はいつか使うって思うんだけど、実際に年取るとそんなことない、使いっこねえよなって分かる。有限だよね。人生は。

養老さんもずーっと虫の整理してるけど、絶対生きてる間に整理できないと思うんだよ、俺もそうだけど。七、八年前に、このスピードで整理したら、あとどのぐらいで全部標本にできるか計算したら、二五〇年ぐらいかかるって分かって、やめた。今はもっと標本作るスピードが遅くなったから、多分一〇〇〇年ぐらいかかる。

子どもが「おやじ、標本どうすんだ？」って心配してて、「おまえに全部やるからネットオークションで売れ」とか言ってるけどね。

第3章

考える老人

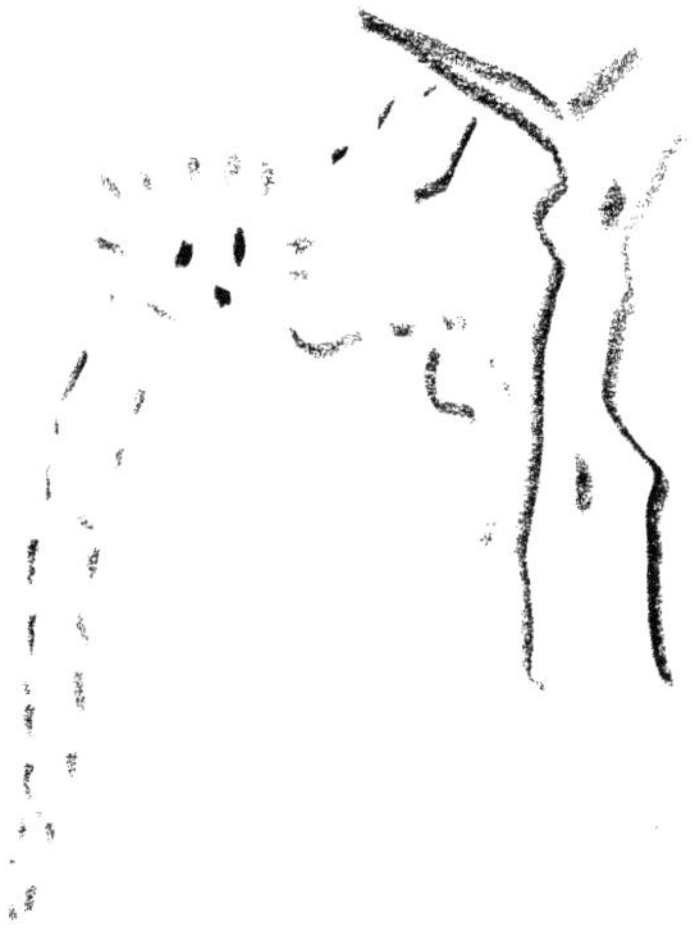

†「似てる」の続き

池田　南さん、『みにくいアヒルの子』の定理って、聞いたことある？

南　え？　ないです。

池田　物理学者の渡辺慧《わたなべさとし》が証明した定理で、論理的に比べると、全ての個物（それ以上は分割して考えない、一つ一つの事物という意味の哲学用語）は同じだけ似ている、ということを厳密に、数学的に証明したんだよ。どんな物でも、同じだけ似ているんだって。

例えば「赤い」と「丸い」という二つの属性があると、「赤くて丸い」「赤くて丸くない」「赤くなくて丸い」「赤くなくて丸くない」っていう、四通りのケースが考えられるよね。それから導き出せる論理的な特徴は、全部で一六個あるんだよ。四通りのケースの中から二つ選んで、その一六個のうちどの特徴が共通しているか調べると、どれとどれを選んで比べても、共通する特徴が必ず四つある。だから四通りのケースは、全部同じだけ似てるってことになる。

属性を三つにしても、無限大にしても、全部のケースが同じだけ似てるんだよ。渡辺さんは、無限大にした場合を証明した。すごいなと思った。僕らは三つとか四つぐらいの属性なら、絵や図形とかを描けば分かるんだけど、どんどん属性を増やしていくと難しい操作が必要で、口で言われても簡単には分からない。

南　え？　って思いますよね。んー、論理的に似てるって似てる感じしない。

池田　僕らの感覚とは違うからね。僕らは「赤くて丸い」と「赤くて丸くない」は、色が同じで形が違うから半分だけ似てる、「赤くて丸い」と「赤くなくて丸くない」は色も形も違うから全然似てないと思うよね。

僕らの感覚と論理的な結論が違うのは、どんな場合でも人間は無意識に自分の脳でバイアスをかけて、「似てる」か「似てない」かを決めているからなんだよ。何がバイアスになるかは、その人が決めているから、当然人によって違う。だから、同じ物を比べても判断が違ってきて、「似てる」という人がいれば、「似てない」という人も出てくる。

そういう意味では、分類というのは基本的に全部、恣意的なんだよな。論理的には同じだけ似ているものを、なんらかの基準を設けて区別しているわけだから。その基準も人間が決めたものだから、人によって違うこともある。

ただ、人間の脳は基本構造が似てるから、同じように考える。例えば「赤い」と「赤くない」とは、全然違うものとして捉えて、「赤い」はポジティブに定義し、「赤くない」の定義は赤くない色の全部とかって、人間の脳が決めているんだよね。だけど、「赤い」と「赤くない」は論理的には等価で、「赤い」だけが特別にすごいわけじゃない。

南　「赤い」と「赤くない」は「赤」のとこが似てます（笑）。論理的に考えると、何かいいことがあるんだろうけど……。

池田　人間と鳥や虫とでは、色の見え方が全然違うんだよね。人間は三原色で見てるけど、多分、鳥は四原色で見ている。虫は、もっとむちゃくちゃ変に見ているやつもいるみたい。だから、僕らの思う「赤い」を鳥や虫が見た場合、とんでもなく奇妙な色で、僕らの思う「赤くない」になっているかもしれない。

人間は自分たちが超越的な存在で一番偉いと思ってるから、他の生物は色盲とか言う人もいるけど、どの生物の色の見え方が正しいとか間違っているとか、決めることなんかできない。それぞれのやり方で、世界を捉えているだけの話でね。

嗅覚《きゅうかく》も同じだよね。イヌの嗅覚は、人間とは比べものにならないくらい発達しているっていうでしょう。だから、イヌを使ってがんを発見させようとかしている。がん患者は特有の匂いがするらしいけど、人間には分からないから。鞄とかに隠してる麻薬の匂いも、人間は分からないけど、イヌは見事に嗅ぎ分ける。

南　ものすごく、はっきり分かるんでしょうね。昔、イヌが靴下の匂いで悶絶するってCMがあったけど、あれ、事実は違いますよね（笑）。

池田　だから、見えてる世界が全然違うんだよな、人間と他の生物では。そうなると、「似てる」か「似てない」かの判断も、全く違うんだろうね。

南　論理的に、数学的に、同じだけ似てるってのも、人間が言ってるわけだよね。

池田　そうですよ。本当のことを言うと、この世界が論理的にできてるかどうか、実は分からない。人間が論理的にできてることにして、矛盾律とか言ってるけど、矛盾があって当たり前の世界かもしれないんだよね。

矛盾律は論理学の基本原則のひとつで、簡単に言うと「AはBである」「AはBではない」ということは、同時には成り立たないという論理。成り立つってことにすると、矛盾しちゃうからね。

例えば、Aが特定の「この虫」で、Bが「赤い」だとすると、矛盾律に則れば、「この虫は赤い（AはBである）」か「この虫は赤くない（AはBでない）」のどちらかということになる。「赤い」と「赤くない」のどちらでもない、ということはあり得ない、「赤い」か「赤くない」かのどっちかだっていうことになるよね。

そんなの当たり前じゃんって思うのが僕らの感覚だけど、光は「波」と「粒子」という両方の性質を持ってるんだよ。光は障害物に当たると、障害物の裏側に回って広がっていくんだけど、こういう現象は波特有の性質で、粒子にはない。ところが光を金属に当てると、電子が飛び出してくる。光が波だとすると、物理学の法則に反して説明がつかない、光を粒子だとすると説明がつく。

波であって同時に粒子ということはあり得ないと考えると、どっちかが正しくて、どっちかは間違いという話になるけど、アインシュタインが波と粒子は矛盾しないことを証明して、この論争は終わりになる。光は波か粒子のどっちかじゃなくて、どっちでもあるってことになったんだよね。でも、何となく矛盾してると思うよね。思わない人もいるのかもしれないけど。

光の問題は解決したけど、この世界が本当に矛盾律に従っているかどうかなんて実証できない。世界が我々の考える理屈通りになっているのか、本当のところは分からないと思うけどね。

†面白いと感じるのはどういうときか

南　それは何となくしっくりしますね。例えば、「似てる」「似てない」でいうと、論理的に考えたら、ものすごく厳密になる。ものすごく厳密にすると、全部が同じだけ似てる、なんて言いだすことになったりする。

でも、それって普通の生活には、役に立たないですよね。そうすると、僕らの実感としては、「似てる」か「似てない」かは、生活の役に立ってるわけじゃないですか。

池田　それはコミュニケーションの話だね。僕の脳が思ってる「似てる」「似てない」

パターンと、南さんの脳が思ってるパターンが非常に近いと、話がよく合って「あいつはよく分かるやつだ」となる。それがちょっとズレてると、「あいつの言っていることは、俺の思っていることとは違うな」って時々思ったりする。大きくズレちゃうと、「あっちの世界だ、あいつ」とか言われちゃう（笑）。

結局、絵なんかもそうだけど、全部ぴったし同じだと面白くない。ズレてるから面白くて、半分ぐらい理解できるズレ方が、一番面白いと思うんだよね。全部理解できてしまうと、当たり前でつまらなくなる。全部理解できないと、ちんぷんかんぷんだし。

南　まさに、池田さんの本がそう。読んでると、どんどん進むんですよ。「むちゃくちゃ分かる」という気がしてくるから。で、説明しろって言われると困る。どう面白いのって言われても困る。説明はできない。基本的な、ある性向が、似てるのかもしれないな、と思ってるんですけどね。

池田　僕が養老さんの本を読んでて面白いと思うのは、自分が考えないようなことを書いてるところだね。養老さん、こういうことを考えるんだ、って。それが分かると、すごく面白い。反対に、養老さんも俺の本を読んで、「池田くん、こんなことを考えてるんだ」ってことがあると思うんだよね。

普通の読者にとっても、自分とはズレているところが面白いんだと思うけど、どれだけズレているかで違ってくるんだろうな。養老さんの本は多くの人にとってズレ方が小さいように思えるから、納得しやすいんだと思う。本当に理解できているかどうかは定かではないけどね。俺の本はズレが大き過ぎて腹立つ人が多いんだろうな、分かるのは南さんみたいな人だけで（笑）。

南　「ズレてるから面白い」っていうのがすごく分かるのは似顔絵。写真ってそのままだから、写真見てソックリですねとか言わないじゃないですか。似顔絵は、写真をそのまま絵に描くんじゃなくて、ズレてるところ、写真からの外れ方が面白い。

池田　全てニュートラルに見ちゃうとつまんないから、自分が重心をおくところをデフォルメして面白く描いてくれると、「似てる」と思うよな。同じ似顔絵を他の人が見て、デフォルメされたところが、その人の頭の中ではあまり重要なところじゃなかったりすると、「ちっとも似てねえ」となる。

南　まさにそうですね。今、全然関係ない業界誌で『画家の同級生』っていう連載をやってるんですが、画家と同い年の有名人を見つけるんですよ。生年月日や生没年のリストみたいな資料を見ていると、ずらっと並んでる中から、僕が知ってる人名がぽつぽつ出てきて、へえーッこいつとこいつが同い年なんだってのを見つけると面白いんですよ。たとえば清水次郎長と、あの看護婦の親玉……誰だっけ、アレ？　名前が出てこない。こういうの多いんだ、最近。

池田　一番有名な看護婦？　ナイチンゲール？

南　そう。そう。ナイチンゲールが同い年なんですよ。ナイチンゲールと清水次郎長ぐらいなら、みんな知ってるだろうけど、絵描きの名前なんて、みんなものすごく有名な人しか知らないじゃないですか。マチスとガンジーとかバルテュスと杉浦茂とか、樋口一葉とモンドリアンとかドガと近藤勇とか同い年です。面白いでしょ。でも、マイナーで、あまり有名じゃない絵描きでも、たまたま僕が知ってて興味を持ってる絵描きなんかを取り上げたりして、この組み合わせは自分じゃ面白いと思って書いてるけど、ふと、これ、誰が面白がるかなって思って、困ったりする。知ってることと知らないことっていうのが、みんなバラバラだから。
考え方にしても、考え方の筋道で変なこと、普通から外れるようなことが好きだったりすると、池田さんの書いてる本は、ものすごく面白いと思うはず。だけど、当たり前とされてることが結局正しい、そういうことこそ大切だと思ってる人にとっては、「この人、変なことばっかり!」って、絶対思われてるよね(笑)。

池田 そういうことって、あるよね。僕は陳腐なことを言ってもつまんないから、わざと変なことを言おうと思っているけど。これは変なことだけど、理屈がつくなっていうものを発見すると、とってもうれしくなる。

南 そうか、そこが似てるんですね、それでうれしいんだ。

†「分かり直す」ってうれしい

南 面白い話とつまんない話の違いって何だろうっていうと、つまんない話って、「分かりきった話」か「はなっから分からない話」なんですよ。
じゃあ、面白い話って何かといえば、それは聞いてて、「分かり直す話」です。自分が意識下では分かっているのに、分かっていたことに気がついてない。それを誰かがはっきり言葉にしてくれて、すごく腑に落ちる時。腑に落ちるって、そういうことだと思うんです。これをまず「分かっていることを分かり直す」って言い方をしてるんですけどね。分かり直すことができた話っていうのは、ものすごく面白い。

池田　今まで分かんなかったことが突然、腑に落ちた時って、すごいうれしいもんね。

南　うれしいです。でもこれ分かっているから、分かり直すことができるんですよね。分かり直すことが面白いってなってたほうが、生存に有利ですよね。すでに分かっていることを、上書きできるわけだから。全然わからない話っていうのは、その時点でそれを分かるための素地がない。受容体が自分の中になくて、分かりようがない。

もっと先に進むと、とにかくあれこれ分かりたいことがあるって人は、分かってないことに対しても、分かろうとして努力する。それが分かった時に、すごく楽しいから頑張れる。学者ってきっとそういう人たちなんだと思います。自分で問題をどんどん作っていって、その答えを見つけていくのが好き。養老さんや池田さんが虫をいじったりしてるのも、見れば見るほどいろいろな発見や疑問が、出てくるからだと思うんですよ。
自分が高校までの授業が面白くなかったのは、自分が知りたいと思う前に、学校が教え込もうとしたからなんです。しかも先生が教えてることって、先生自身にとってはもう既に分かり切っていることで、散々同じことを言ってるから飽き飽きしている。それがこっちにも伝わってきて、頭に入ってこないんだと思う。何だか知らないけど、まだ分かんないけど、これは何なのか知りたいって思うと、自分から積極的に勉強しますよね。自分が知りたいことを分かるのはうれしい。そういうのが一番楽しくなるように、脳ってできてるんじゃないかな。

池田　教員は基礎的なこととか教えないといけないこともあって、それは教えるけれども、あんまり面白くないんだよね。僕は講演もよくしてるんで、聞いている人たちの反応を見ていると、一番面白がってくれるのは、今思いついて、これ面白いから話そうって思ったこと。二番目に面白がってもらえるのは、数日前に新聞や雑誌なんかで読んで面白いと思った話。一年も二年も前から、これは大事だから話さなきゃいけないって思っている話は、誰も面白がってくれない。相手が理解してくれてるかどうかは分かんないけど、自分が今一番面白いと思っている話をすると伝わるんだよな、自分が面白がっていれば。

南　それですね。理解できているわけじゃないんだけど、面白いってことはちゃんと伝わる。高校を卒業してから「美学校」に通うようになって、グラフィックデザイナーの木村恒久《きむらつねひさ》先生の教室に入ったんですよ。晦渋《かいじゅう》な文章を書く人で、本を読んでも何言っているのか、全然分かんない。だけど、難解な言葉遣いは話し言葉も同じなのに、直接話を聞くとちゃんと分かるって言うか、伝わるんです。すごく不思議でした。今思いついたことを話している感じが、ものすごく面白い。その人の考えを知りたいと思ったら、実際に会って本人がしゃべっているのを聞くのが一番だと思います。

池田　それはコミュニケーションの基本みたいなもんで、顔を見て話を聞くと、脳が同期するんだよね、きっと。だから、何となく分かったような気になる。文章を読んでいると、そういうふうにはなかなかならない。文章は文章で面白いんだけど、読むコツみたいのがあって、人と話す場合とはちょっと違うんだよね。話してってもさっぱりわかんなくて、文章の方が分かりやすい人もいるもんな。

だけど、世の中には数理生物学者の郡司（ペギオ幸夫）くんみたいな特異な人間もいるんだよな、直接話を聞いても本を読んでもさっぱり分かんないっていう。昔、学生を五〇人くらい集めてセミナーをやった時、郡司くんを呼んだんだよ。そうしたらさ、五〇枚ぐらいある英文のレジュメを持ってきて、学生全員に配って、それを延々と説明するの。後で学生に「郡司先生、どうだった？」って聞いたら、「一言も分からなかったけど、郡司先生が天才だってことは分かりました」って言ってた。俺も郡司は天才だと思っているから、内容が分からなくても天才だってことは分かるんだって感動したけど（笑）。

大澤真幸《おおさわまさち》（社会学者）は「郡司くんは自分が言っていることを人が理解できないことが、全く理解できてないですね」って言ってたけど、俺もそう思う。郡司にとっては簡単でやさしいことなんだろうけど、普通の人にはまず分かんないよ（笑）。天才ってそんなもんなんだろうけど。

俺もかみさんには「天才」って言われてるけどね。部屋はぐちゃぐちゃで、いろんなものが散らかりっぱなしで、ドア開けたら開けっぱなしで、しょっちゅう怒られて、

「天才だから、しょうがないね」っていうのが女房の捨て台詞。「ドアはちゃんと閉めましょうね」なんて言われてさ。

南　アハハ、いいな（笑）。郡司さんの本で面白かったのは、人工知能に対して「天然知能」を提唱していたとこ。トンチンカンなの「天然」って言うじゃないですか。「人工知能より天然知能」、すごく上手いフレーズだなって思った。

池田　人工知能はルールが決まってるから全て答えが出ちゃうけど、天然知能はルールが途中で変わるから分からなくなっちゃう。郡司くんは、生物は途中でルールが変わったりするから、人工知能のようなやり方では生命の本質は分からないってことがよく分かっていて、別な形式で生命を丸ごと究明したいというパトス（情念）があるんだよ。それで、誰にも理解できないような原理的にすげえ難しいことをやっている。

だけど、すごく面白そうだってことは分かるよね。

南　郡司さんの本は本当に面白いんだけど、ものすごく難しい。数式がもうまるっきり分かんない。

池田　普通の人は絶対分かんないよ。数式が出ると、もう途端に分からない。

南　そう。とにかくオレ数式は一切、駄目だから。

池田　だけど、数式で表せることって、そんなに難しいことじゃないと思うな。僕も昔は数式を並べた論文を書いたこともあったけど、最近は数式で書いてもしょうがねえなって思うようになった。言葉で上手に説明したほうが、相手に繋がるものがあるかもしれないからね。その点、絵はいいよね、数式も言葉も必要ない。ダイレクトに伝えられるから。

南　だから郡司さんは「人工知能より天然知能」っていうような感覚的な表現をしてくれたら伝わるんですよ。「カブトムシ！」ですよ（笑）。

†SNSバカ

南　池田さんの本、どうしてこんなに面白いのかなって思って一生懸命読んでるんだけど、読んだそばからどんどん忘れてるかもしれない。

池田　僕もそうだよ。書いたそばから忘れちゃって、「この話、どこかに書いたかな」って思っても、探すのが大変なんだ。むちゃくちゃたくさん書いてるから、どこに何を書いたかよく覚えてない。

南　最近の本だと、『SDGsの大嘘』（宝島社新書、二〇二二年）っていうのが面白くて、タイトルも覚えてる。

池田　SDGs（エスディージーズ）は直訳すると「持続可能な開発目標」で、二〇一五年に国連の国際会議で採択された。貧困や差別をなくそうとか、クリーンなエネルギーを使おうとか、人類が地球で安心して暮らしていくために一七の目標を掲げているんだけど、茶番もいいとこだよ。欺瞞《ぎまん》と矛盾に満ちた大嘘であることを、具体的に本に書いた。政府やマスコミに騙《だま》されている人があまりにも多いんで、黙っていられなかったんだよね。

そのくせ、SDGsで推奨されているコオロギがめちゃくちゃバッシングされているんだけど、知ってる？

南　コオロギ？

池田　昆虫食のコオロギね。国連食糧農業機関（FAO）が二〇一三年に、未来の食料として昆虫が有望であることを指摘して以来、昆虫食が人口に膾炙《かいしゃ》し始めたんだけど、日本のある大臣がコオロギ食を推進する画像を発信したら、SNSでものすごくバッシングする人がいっぱい出てきた。

コオロギには毒があって食うと死ぬとか、日本政府がコオロギに六兆円の補助金を出してるとかっていうデマまであった。コオロギの養殖につぎ込む税金を、もっと有意義な事業に回せっていうんだけど、今のところ国はコオロギの養殖事業に一円も補助金を出していないよ。そもそも、農林水産関連予算（二〇二二年度）は二兆二七七七億円で、コオロギの養殖事業に六兆円もつぎ込めるわけがないだろう。

コオロギ食がSDGsに関係してて、エコだっていうんで出てきた話だと思うんだけど、知らない間に粉末コオロギや粉末ゴキブリが、自分の食べる食材に紛れ込むのじゃないかって、事情を知らない人の恐怖を煽《あお》って、SNS上のコオロギ食バッシングが加速したと見ているけどね。ひとたび火がつくと、ごく常識的に考えたら分かるようなデマを平気でSNSに出して、それがどんどん燎原《りょうげん》の火のごとく拡散していくっていうのが、今の日本の一つの病理だろうね。

ほんのわずかのエビデンスらしきものを見つけ出して、それを針小棒大に拡大して、反証事実を無視して、あたかも普遍的な事実であるかのように見せて、「いいね」が付いて拡散していく。昔は、科学にある程度権威があったから、こんなこと言って後で嘘だって分かったら、バカにされるんじゃないかと思われていたけど、匿名で発信できるから気にならなくなったんだろうね。

SNSの一番の問題は、バカが意見を言うようになったことだって小谷野敦（作家、比較文学者）が言ってて、すごいこと言うなと思ったけど、本当にそうだと思うようになってきた。こういうこと言うと怒る人がいて、「バカと言うやつが一番バカ」とか知ったようなこと言ってしたり顔をしている人がいるけど、俺に言わせれば、そう言うやつは大体バカだね、利口な人は見たことない。

今の日本は、自分で分析して考えるってことをやめたのか、迷信と事実との区別がつかなくなっている。ほとんど中世に戻ってるよね。科学が難しくなりすぎたことも大きいのかな。エビデンスを出しても、普通の人にはそのエビデンスの意味が分からなくなっている。どうしようもないよね。

本当に不思議なのは、コオロギ食のバッシングしてるのは、うんと左翼のやつと、うんと右翼のやつ。例えば、原子力発電所反対と言うのは左翼で、反対してないのは右翼みたいに、普通は離れているけれど、コオロギ食は両方とも反対してるんだよ。何かあるのかな？

南　単にコオロギ食いたくないだけなんじゃない？

池田　それが一番にあって、食いたくない人は食わなきゃいいんだけど、それが通用しないんだよ。もちろん、エビ・カニとかの甲殻類にアレルギーのある人は、コオロギを食べてアレルギーが起こるかもしれないから気をつけなきゃいけないけど、万人にとって害があるわけではない。

コオロギに毒があるって言うなら、コオロギから毒を抽出して、その成分を明らかにする必要があるけど、そういった話は全く聞こえてこない。デマを流している人はコオロギ食の恐怖を煽れれば、事の真偽はどうでもいいみたいで、そこまでしてなんでコオロギ食バッシングをするのか不思議だ。

僕の友達にコオロギを養殖してるやつがいてさ、この前もらって食べてみたよ。姿揚げみたいに、そのままの形のコオロギを揚げたのを食ったけど、カリカリしてて美味かったよ。コオロギビールっていうのもあるけど、あんまり美味くなかった。コオロギワインは結構美味くて、すぐ飲んじゃった。

南　みんなで建築家の藤森照信さんとグルメな高級中華レストランで食事してた時、藤森さん長野の人だから、虫を食べるって話になってね。セミ、トンボ、チョウチョどこがうまいか？　ってやってると、隣のテーブルの人までみんな興味津々なんですよ「どうやって食ったら美味いの？」って聞いたら、「チョウチョを食う時には大福みたいにこうやって粉をはたいて」とかいうの聞き耳立ててる。

池田　日本で昆虫を食べるのは限られた地域だから、みんな怖いもの見たさみたいな気持ちがあって聞きたかったのかな。

†人の生没年に興味津々

池田　俺、この年になって、不思議と人の生年月日だとか、何歳で亡くなったとか、そういうことに異常に興味を持つようになった。『開運！なんでも鑑定団』（テレビ東京系列）というテレビ番組が好きで、いつも見てるんだけど、ゲストの人の年齢を聞くと何年に生まれたのかって、それから鑑定されるお宝の作者の生没年を聞くと、いくつで死んだんだろうって、すぐに計算するんだよ。今の俺と同じ年で死んでるわ、とか思ったりしてね。どうしてそんなことに興味が湧くのか分かんないけど。

南　山田風太郎が、『人間臨終図巻』（徳間書店。上巻一九八六年、下巻一九八七年）って本を書いていますよ。三十歳で死んだ人、七十歳で死んだ人、っていうふうに、死んだ年齢ごとに古今東西の人物が並べられてて。それぞれの略歴みたいなのも一緒に書いてあるんです。時々見てるとめちゃくちゃ面白い。

おそらく風太郎さんは小説を書く時の資料として、ノートをつくったんですよ。例えば、小説で夏目漱石と樋口一葉が道で出会う場面を書いてますけど、ふたりは五つ違いなんですけど、当時東京の何処に住んでたか、そういうことを確認するためだったんじゃないかな。風太郎さんの晩年でしたね、あれ書いたの。

池田　最近、友達が結構亡くなるんだよね。そういうのを聞くと、死ぬってことがだんだん身近になってくる感じがする。

南　それはあるね。

池田　人が死んだって聞くと、「この病気じゃあ、しんどかったかな」とか「ぽっくり逝って、よかったな」とか、そういうふうに思うよな。

近藤誠（がん研究者、医師）なんか、ものすごく元気そうだったけど、出勤途中のタクシーの中で心筋梗塞になって、いきなり死んじゃった。彼の場合は急だった分、家族や同僚とかはショックだったと思うけど、本人にとっては楽な死に方だったのかなと思ったけどね。それほど苦しまなかっただろうから。

南　心筋梗塞って、そう聞きますね。

池田　自分もいつか死ぬんだけど、どうやって死ぬか、いつ死ぬかなんて分かんないよね。分からないから、生きてられるようなもんでさ。

南　山田風太郎は「本人が一番意外な形で人間は死ぬ」って言ってました。

池田　自分がどうやって死ぬのかなんて、あんまり気にしてないけどさ。昔の人は結構長く生きたかなって思っても、案外早死にだったりする。漱石は五十いかずに、森鷗外は六十で亡くなってる。鷗外なんて、すげえじいさんって感じがしてたんだけど、死んだ年は俺よりはるかに若かった。そんなことを考えると面白いよね。

人間って、時間というのを見る時に、同時代の人は拡大して見るけど、昔のことはどんどんコンパクトに詰めて考えちゃう。江戸時代をひとくくりにして、ずっと同じ状況だったと捉えがちだけど、前期と後期じゃ全く違う。人口や経済、文化とかが。江戸時代に生まれた人と言っても、いつ頃生きてたかって考えないと。昭和の六十数年よりも、江戸時代のほうが二〇〇年も長いからね。

†人類はいつか絶滅するって、考えない？

池田　恐竜のことを話すとさ、ティラノサウルスが恐竜の代表だと思われがちだけど、生きてたのは中生代の最後の二〇〇万年間だけだからね。約二億五〇〇〇年前から六六〇〇万年前の時代を中生代っていうんだけど、二億年近くある中生代のたった一パーセントぐらいしか生きてないわけだ。最後のちょこっとだけ生きて、すぐ絶滅した種なんだよね。

中生代は恐竜が誕生して絶滅した時代で、絶滅したのは地球に巨大な隕石が衝突したのが原因っていう説が一番有力。直径一〇キロメートル以上もある巨大隕石が地球に衝突して、その衝撃で大量の塵《ちり》が舞い上がって、地球全体を覆い尽くし太陽光が遮断されて、寒冷化したからだって言われている。寒冷化すると、植物が育たなくなって、それをエサにしていた草食恐竜も、草食恐竜をエサにしていたティラノサウルスみたいな肉食恐竜も、ほとんど死に絶えちゃったんだよね。

だけど、二億年も繁栄してたんだよ、恐竜は。ホモ・サピエンスと分類される今の人間が、地球上に現れたのは三〇万年くらい前だから、ティラノサウルスと比べてもまだちょっとだよな。ホモ属はホモ・サピエンス一種だけになっちゃったけど、昔はホモ・エレクトスなどの違う種がいくつもいて、一〇〇万年ぐらいで絶滅した種が多いから、ホモ・サピエンスもあと七〇万年ぐらいは大丈夫かな。もしかしたら、もっと前に絶滅しちゃうかもしれないけど。普通の人は、そういう時間軸であんまり考えてないよね。人類が絶滅すると思ってる人って、あんまりいないみたい。何でなんだろう。

何十億年かたつと、太陽はでかくなって色も赤く変わって赤色巨星になるから、地球は太陽の中に入っちゃうんだよ。そうなったら、人類が生き延びてたとしても絶滅すると思うんだけど、そういう話をテレビ局のスタッフにすると、「その時は、どうやって脱出したらいいんでしょう」って聞いてくるんだよ。「大丈夫だよ、それまで生きてねえから、君だって。心配しなくていいよ」と言うしかないんだけどね。

南　きっと若い人は、自分が死ぬこと、考えたことないですよ。

池田　昔、山梨大学で授業をしている時、人類がいつ絶滅するかについて、恐竜とか昔生きていた古生物の話を交えながら「人類はこのぐらいしかもたない」とか教えてたら、真面目な学生が「僕は人類が滅びるところを見たくないです」って言ってきたんだよ。「大丈夫だ。たとえ君が最後の人類でも、自分の死ぬところを自分で見届けることはできないから、君の願いは絶対かなえられる」って答えた(笑)。普通の人は、そんな途方もないことを考えないかもしれないね。

南　池田さんや養老さんの本を読んでて一番感じるのは、考えるスパンが長いということ。読んでいる僕は、ものすごく短いところでしか物事を見てないなって、いつも思います。今日一日どう暮らすかっていうことでも、何も考えられないぐらいだから、全く計画性がないので。考える時間軸がとても長いことを教えられて、読んでると本当に面白いですね。

池田　年取って感じるのは、計画性がだんだんなくなるってことだね。五年先に何をして、一〇年先に何をしてとか、計画してもしょうがない、生きてるかどうかわかんないのに。朝起きて今日は何をしようかと思ったり、寝る時に明日は何かすることあったかな、そうだ、書きかけの原稿を仕上げなきゃいけないとか、そんな瑣末《さまつ》なことばかり考えてるよね。毎日、そんな感じで生きてる。俺も若い時から、あんまり計画性ないんだけどさ（笑）。

だけど、ちっとも暇じゃない、やりたいことがいろいろあるから。定年になって暇を持て余している人がいるってよく聞くけど、暇な人って本当にいるのかな。かみさんも仕事したり遊んだりして、暇そうにしてないしね。暇な人って見たことないけど、どこかにいるんだろうなあ。

第4章 おじいさんとAI

池田 確実に体が衰えていくのは分かるよな。六五の時に比べて、だいぶ違う。もう、走るの嫌だもん。

南 そういえば、生活の中で走ってないですね。

池田 歩くのは、まだ何とかなるけど。全力で一〇〇メートル走れなんて言われたら、途中で膝がボキッて折れるんじゃねえかとか考えるよね。

南 絶対、転びます。ソフトボールとか同世代とやったりすると、一塁に走る時に大抵転ぶ（笑）。

池田 自分の足に絡まっちゃう（笑）。

南 でも、頭では走れると思ってる。だから、無理に走っちゃう。

池田 上半身は前に行くんだよな。それに足が付いてかないっていう感じだね。

南 一〇〇メートル全力疾走なんかしたら、絶対、転びますね。

池田 転ぶね。坂なんかだと、上りはまだいいけど、下りで走ったら絶対転ぶ。勢いがついちゃうから。昔、養老さんとラオスに行った時、坂の上から下りてくるのに、養老さんが途中から走るんだよ。「走っちゃ駄目だよ」と言ったけど、坂の最後でドテッて転んだ。俺はまだ若かったから転ばなかったけど、七十代は必ず転ぶね。

一番怖いのは階段を下りる時だな。駅の階段で後ろから若いやつがドカドカ走ってくると、ぶつかるんじゃねえぞとか思うよね。昔はそんなこと思わなかったのに。若い頃は自分も「遅刻しそうだ」とか言って、急いで階段を走ってたからしょうがないけどね。

†養老孟司さんは新しいもの好き

池田　年をとると、手元が良く見える老眼鏡と遠くを見る眼鏡を掛け替えないといけないから不便だよな。遠近両用にすればいいんだろうけど。

南　老眼鏡ないと全然駄目です。

池田　六〇歳ぐらいまでは眼鏡なしでも平気だったんだけど、パソコンをやるようになってから目が悪くなった。早稲田大学に移って、学内の手続きでパソコンが要るようになって、使い始めたんだけどね。

南　え？　そんなに最近？

池田　早稲田に移ったのは二〇〇四年だから、二一世紀になってからだよ。その前は老眼鏡も要らなかったし、パソコンを使い始めてからもしばらくは原稿も全部手書きだった。パソコンで原稿を書くようになってから、漢字が全然書けなくなった。もう、駄目だね。

南　僕は、原稿はまだ手書きです。まァ、短いから。

池田　それはすごいね。養老さんは新しいもの好きだから、ワープロが出たら、すぐワープロを使い出してたね。

南　最初に養老さんの本の装丁した時、図版を借りに東大の研究室に行ったんですよ。研究室を訪ねたら、入り口のすぐ近くで養老さんが、黙々とパソコンに向かってる。ウラ回ったらゲームやってました、ものすごい真剣。入っていいのかなって思ったくらい。

池田　養老さん、一時期ゲームに凝ってたね。夜中も寝ないでやって、「昨日、徹夜した」とか言ってたこともあったよ。虫もそうだけど、凝り性だよね。東大の教授をやってる時は忙しくて、虫はやってなかったけど。俺が虫採りの火をつけたみたいに言われてる(笑)。

南　池田さんと養老さんとは、どういうご縁だったんですか。

池田　一九八六年だったか、柴谷篤弘《しばたにあつひろ》先生(生物学者)が主催した構造主義生物学の国際シンポジウムが大阪であって、そこで初めて会った。虫が好きだっていうので、いろいろと虫の話をして、それで仲良くなったんだ。当時は「忙しくて採ってる暇がない」とか言ってたな。

それから養老さんが自分のシンポジウムに誘ってくれたりして、他のいろんな人とも知り合いになったんだよ。最初に会った時の養老さんは、大酒は飲むし、たばこは吸うし、この人長く生きねえなと思ったんだけど、とんでもない。ぴんぴんしてるね。

南　前は大食いでしたよね。

池田　何でも食ったし、甘い物も好き。だから、糖尿病になっちゃった。五十代で東大を辞める前後に、酒はやめたけどね、体に悪いとか言って。その後も会合で一緒になることも多くて、大体出席者の中で養老さんが一番偉いから、ウェイターはまず養老さんのとこにワインを注ぎに来るんだけど、養老さんは注がれるだけでほとんど飲まないんだよね。養老さんと僕は隣に座ることが多いので、ワインが上等な時は、自分の空になったグラスと養老さんのグラスを取り換えていた。それで、養老さんの所に置いてある空のグラスに注がれると、また取り換えて、他の人の二倍は飲んでたね（笑）。

南　研究室で養老さんと初めて会った時、用事がすぐ終わって、雑談してくれたんですよ。すごくおもしろい。しばらくしたらトートッに立ち上がって引き出しを開けるんです。何してんのかなと思ったら、引き出しの中に置いてあるたばこ一本だけ抜き取って、ちょっと離れた所へまた移動する。別の引き出し開けて今度はライターを取ってた。「なにしてんですか？」って聞いたら「節煙です！」って（笑）。それ、ものすごく頻繁だから、あんまり節煙にはなってなかった（笑）。

池田　節煙しようとしたことがあったんだ（笑）。でも途中から、もうやけくそになって吸ってたよ。養老さん、おかしいよね。俺がまだ若かった頃、養老さんの家に遊びに行ったんだよ。会話が途切れると、養老さんが突然立ち上がってうろうろしてるの。「どうしたんですか?」って聞いたら、「池田くん、俺、今、何しようとしてんだっけ、分かる?」って言うんだよ。「そんなこと俺に分かるわけねえだろう」と言ったら、「そうだ、灰皿、探してんだ」って。いつも難しいことを考えてるから、他は全部抜けちゃうんだね。

南 その日さァオレ、はじめて東大の研究室ってのに入ったわけですよ。なんかキンチョーしてたのかな、先生が突然「南さんはワイン飲みますか?」つって机の上にポンとワインの瓶置くんですよ。で、オレ「はい! いただきます」つってそれカバンに入れちゃった。東大の研究室で昼間からワイン飲むって思わないからさ……。結局そのまま持って帰っちゃったんだけど、編集者にデザイン渡す時、先生が「こないだ南さんが来てね、ワイン持ってかれた」って言ってたって(笑)。一緒に呑むつもりだったらふつうコップももってくるよね。どっちもどっちか。「池田くん、今オレ何しようとしてた?」って(笑)。

池田 むちゃくちゃ抜けてるよ(笑)。津田一郎さん(数学者)が北海道大学の教授だった頃（現・名誉教授）、「一週間セミナーやるから参加しない？」って誘われて、養老さんと一緒に参加したことがあるんだよ。セミナーは毎日夕方一時間だけだから、昼間は二人とも虫採りしてたの、別々なところで。そしたら俺がすごく珍しいチョウチョを採ったんだけど、それを入れた箱をどこかに置き忘れちゃってさ。養老さんにぼやいたら、「取りに行きゃいいじゃん」って言われたんだけど、「どこに忘れたか分からねえんだよな」と言ったら、「バッカだね」って養老さんに笑われた。

それで帰る時に千歳空港で養老さんに会ったら、いつも着てるジャケット着てねえんだよ。俺が「いつも着てるジャケットどうしたんですか？」って聞いたら、「どっかに忘れたらしいんだよ」とか言うから、「なんで取りに行かなかったんですか？」って聞いたら、「それがどこに忘れたか分からねえんだよ」って。バッカだね（笑）。

一番笑えたのは、外国へ一緒に行く時。成田空港で養老さんが僕の前のほうを歩いてたんだけど、パスポートが落ちてた。見たら、養老さんのパスポートだった。それ落としちゃ、出国できないじゃん。「養老さん、こんなの落ちてましたよ」って渡したら、「どうも」とか言ってそのままスタスタ行っちゃった。ありがとうとも何とも言わないで、何事もなかったかのように。ヤバイと思ったからだろうね。

南　アハハ、いいなあ。僕が最初に養老さんのエッセイを読んだのは、雑誌に掲載されていたものだと思う。読み始めたらすごくおもしろくて、自分が考えていたことを書いてくれてるって感じした（笑）。ものすごく理解力がある人でも、その人の書いていることが自分の考えに合わないと、何で分かんないのかって不思議になるぐらい分かんないですよね、頑固に受け入れようとしないから。オレは何も分かっていないくせに、分かる、分かると思って読んでいるから、どんどん分かる気がする。

池田　書いてある内容がちゃんとは理解できてなくても、何となく分かるってことはあるよな。養老さんのエッセイって、すごいとぼけた味があるじゃない。

南　あー、そうか、それだね、とぼけてる。そこがいいんだ。

池田　そういうのって、分かる人は分かるし、分かんない人は分かんないんだよね。理屈ばっか考えてる人は、養老さんが何を書いてるか分かんないかもしれないね。前提となる理屈を飛ばすから。だからそういう人にとっては、養老さんの文章って悪文なんだよ。

話しててもそうだよね、養老さんは前提なしでいきなり本題に入るから、養老さんの考え方をある程度分かってないと理解できないし、途中で笑いながら小さい声でしゃべったりして、何言ってるかも分かんねえし。

南 聞こえないね、小さい声で（笑）。

池田 東大の教授やってた頃は、結構しんどかったみたい。「辞めた途端に、空の色が全然違った」って、よく言ってるもんね。俺は教授辞めても、空の色は変わんなかったから、ほとんど何も苦労してないってことだな（笑）。

南 確かに明るくなりましたね。

池田 そう、明るくなった。その後、面白くなった。辞めてからだよね、爆発的に売れた『バカの壁』（新潮新書、二〇〇三年）を出したのも。六五ぐらいの時だったかな。東大を辞める前は、「俺は墓の心配さえしてりゃいいんだよ」って、いつも言ってたもん。

†七五歳の運転免許の壁はＡＩで解決

池田　南さん、運転免許持ってる?

南　持ってない。

池田　俺は持ってて、七五歳になったら免許の更新を申請する前に、認知機能検査を受けろというはがきが来て、パソコンで予約をして受けに行ってきた。かみさんが「あらかじめ受験勉強して行かないと落ちるよ」なんて言うから、どういう問題が出るのか調べて受けたよ。パスしたけど、これが年寄りをバカにしたような検査でさ。

まず、今は何年何月何日何曜日の何時何分かという設問があって、次に一六種類のイラストを見せられて何が描かれているかよく覚えておくようにとの指示があり、次いで数字の列の中から、指示された数字、例えば3と7だけに斜線入れろという課題をこなし、その後で、先ほど見せた一六種類のイラストを思い出して何が描かれているか記せという設問があり、思い出せなかったイラストについてはヒントを与えるので、それで思い出してもらいたいという話が続き、最後に指示された時刻をアナログの時計盤に書き入れろという問題で終わりになる。

このうち、数字に斜線を入れるテストは採点対象にならない。直前にやったイラストを忘れさせるためにやっているとしか思えないから、意地悪だよな。イラストは二つぐらいは忘れてたな。七つぐらい忘れてても通るんだけどね。やっぱり年取ると、忘れちゃうことがあるね。後で、ああそうだって思い出すけど。

検査の満点は一〇〇点で、満点取る人はあんまりいないみたい。四九点以上なら認知症のおそれなしで合格ってことになるんだけど、高齢者講習を受けなきゃなんない（注・二〇二四年五月現在は三六点以上かそれ未満かで判定）。検査は指定の自動車教習所に連絡して予約を取るんだけど、かなり先まで埋まっていてなかなか取れない。忙しい人のこと無視しているよな。

合格点未満の人はどうなるかっていうと、病院に行って専門医の診断を受けて、認知症ということであれば、免許の取り消し処分という流れになる。認知症でなければ、高齢者講習を受ければ更新できる。今は検査内容とか判断基準とかも変わっているみたいだけどね。

確率的には高齢者になるほど認知症の人が増えるけれど、若い人でも認知症の人はいるわけで、高齢者のみに認知機能検査を行うのは差別だよな。免許の更新時に全員に受けさせるなら公平だけど。それに認知症と運転不適格者は別の概念だから、問題が多い制度だよ。

だけどさ、最近は引き出しを開けたら閉めるのを忘れるとか、そういうことが増えてるのは確か。昔からそういうとこあったんだけど、だんだんひどくなってきて、女房に怒られてる。

南　それはよくある。叱られますね。さっきの検査の話ですけど、絵を覚えさせるって面白い。日常的には、何枚も絵を見てその絵を覚えるなんて、あんまりやらないじゃないですか。訓練のしようがない。

池田　それが、やりようがあるんだよ。なぜなら、出る絵のパターンってのは決まってて、全部で六四種類あるから、それを全部覚えてしまえばいい。そのうちの一六種類が出題されるわけだからね。パターンが決まってなければ、もっと面白いかもね。いきなり初めて見る絵を出されたら、忘れちゃうだろうな。

南　あらかじめ絵のパターンが公開されてんの？

池田　そう、僕が受けた当時はね。でも、覚えてる絵の枚数と運転の技量は関係ないと思うんだよ。認知症でも運転がうまい人はいる。運転ができるかどうかっていうのは、今現在の判断力で、そこが危ないか危なくないかは、その時点で判断する能力だから、一〇分前に何が起こったかは忘れたって構わないわけだよ。それよりも、今現在の判断力が鈍っている人は、認知症の検査を通っても事故を起こしちゃうと思うよ。

南　年寄りが事故を起こすと必ずみたいに、アクセルとブレーキを踏み間違えたって、ニュースで言うけど、本当なんですか。

池田　アクセルとブレーキは踏み間違いようがない、と俺は思うけどね。きっと踏み間違いというよりも、何かパニクったんだろうな。よく調べなきゃいけないけどね。事故を起こす確率でいうと、十代が圧倒的に多くて、その次が二十代前半なんだよ。

南　若いと、むちゃするからね。

池田　認知症でなくても、煽《あお》り運転をしたり、重大事故を繰り返し起こしたりしている人はいるわけで、こういう人から免許を剝奪するほうが、認知症の人から免許を剝奪するよりずっと効果的だよな。例えば、五年の間に重大事故の第一当事者に三回なった人は免許剝奪とか決めておけば、認知機能検査とか高齢者講習とか余計なことをしなくても、重大事故はかなり減ると思う。

かみさんは三〇歳ぐらいで免許取って今七五歳で、四〇年以上無事故無違反だよ。ほとんど毎日のように運転してるからそれはすごいと思って、「ゴールド免許じゃなくてダイヤモンド免許もらえ」とか冗談で言ってるけどね。事故を起こしやすいタイプの人とそうじゃないタイプの人がいて、癖みたいなものがあるのかもね。

あと、僕らが死ぬ頃はAIが判断して運転してくれる自動運転の車が普通になって、そうなると免許は要らなくなるよね。

南　あれ？　自動運転は、もう既に出てるんじゃないんすか。

池田　出てる。免許が要らなくなるのは、全部の車が自動運転になる時だね。難しいのは、自動運転の車と普通の車が混在してる時をどう乗り切るかだよね。全部自動運転になったら、事故を起こした時は、車を作った会社の責任だ。自動運転なら酒飲んで車に乗ってもOK。

南　飲酒運転はマズイんじゃ。

池田　運転してないから飲酒運転じゃない。

南　あ、そーか。

池田　全部自動運転になれば、免許の更新も要らなくなるし、認知機能検査だの高齢者講習だの、おためごかしの制度もなくなって清々《せいせい》するよ。そうなると、運転免許にまつわる利権が消滅して、失業する人がいっぱい出るから、利権団体が抵抗するだろうな。交通整理のお巡りさんや、高速道路の取り締まり機なんて要らなくなっちゃうからね。

南　運転が面白いから車に乗ってるような車好きはコマルね。つまんなくなっちゃう。

池田　どこに行くわけでもなく、何時間もとにかく運転してるのが好きな人ね。そういう人の趣味を奪うことになるから大変だよな。そういう人はサーキットで運転しろとか言ったって、同じとこグルグル回ってもつまらないよな。

南　オレさ、ゲームセンターみたいに運転自慢が集まるゲーム場つくったらいいと思うんだ。今ある教習所こわさないどいて、ゲームセンターにする（笑）。

†将棋がつまらなくなった？

池田　最近の将棋を見てると、ＡＩで正解が全部分かるようになって、大丈夫かなって気がするんだよ。将棋自体が、もう終わっちゃうんじゃないかなと思う。藤井聡太さんがめちゃくちゃ強くて、頭がコンピューターみたいになってるように強いけど、ＡＩと勝負したら勝てないだろうね。最適解を短時間で計算できるＡＩが一番強いと思う。

昔の将棋の世界は、人間が考えたでたらめな手や面白い手が色々出て、間違えたり失敗したりするのが面白かった。今はＡＩが最善手を示してくれるから、そういう面白さがなくなって、飽きるんじゃないかと思うんだけど。

南　将棋はよく分かんないんすけど、将棋が好きな人って、指す人なりの新しいアイディアがでると面白いと思ったり、自分が予想していなかった手がきたら感心したり、それやっちゃ駄目だろうと思ったりするのが、楽しいんじゃないすか？

池田　人間は失敗するから面白いわけで、失敗しない将棋を見てたってなあ……。藤井さんはＡＩが出した勝つ見込みが高い戦法を、一生懸命やってる気がするんだよね。羽生善治さんはＡＩが駄目だという戦法を一生懸命研究して、それで時々勝ってる。

偉いなって思うし、指してる本人も面白いと思うんだよ、ＡＩがいいって言ってる戦法をひっくり返して、自分が考えた指し方で勝つほうが。

南　へーえ、なるほどねえ。ＡＩで将棋の正解が分かるっていうのは、ＡＩの開発者みたいな人が時間をかけて、いろんなデータをいっぱい入れて、正解に近いものを出してるってことでしょ？

池田　そうだね。将棋の場合、公式戦は駒をどう動かしたか、最初から最後まで記録した棋譜が全部あるから、それをコンピューターに入力する。ＡＩは入力された棋譜の中から、同じ局面を探すわけだ。そうすると、大抵いくつかあるんだよな。その中から一番勝率が高い手とか、いくつか指し手があって、その先を読む。ＡＩは一秒間に数千万手を読めるから、人間が勝つのはまず無理だね。

最近はディープラーニング、日本語では深層学習っていうんだけど、この技術が組み込まれた将棋ＡＩも出てきた。囲碁のＡＩに取り入れられて無類の強さを発揮したんで、将棋ＡＩにも使われるようになったようだね。ディープラーニングには、人間の脳をまねたニューラルネットワークが用いられているんだけど、それが多重構造になっていて、ＡＩが勝手に対局を繰り返して学習していくのが特徴なんだよ。それができると、人間が指したことがない局面が出てきても、対応できちゃう。

将棋には八種類の駒があって、駒によって動かし方が決まっている。例えば、金将という駒は縦横後ろ、それから斜め前に一つ進める、歩兵という駒は前に一つしか進めないとか。駒を動かしていると、相手の駒と重なることがあって、その時は相手の駒を取って、自分の駒として使うことができる。取った駒のことを持ち駒っていう。

将棋には他にもいろんなルールがあるんだけど、ディープラーニングの将棋ＡＩは、どの駒を取れば得か、駒の配置から見てどちらが有利な局面か、といったこともパターン化されてて、総合的に判断して指すんだよ。この数年で飛躍的に精度がよくなって、これからはディープラーニングの将棋ＡＩが、主流になるって言われてるね。

さらにゲーム理論というのもある。ゲーム理論は、複数の人がかかわる意思決定とかを数式で表す理論で、最初は経済学で使われていて、将棋とかいろんな分野にも応用されるようになった。将棋は二人で交互に駒を動かしていくゲームで、先に指すほうを先手、後のほうは後手っていって、ゲーム理論では、先手と後手が決まってて、ルールも決まっている将棋のようなゲームは、先手が必勝か、後手が必勝か、引き分けのどれになるか、結論を出せるって、数学では証明されているんだよ。

将棋は多分、先手が必勝なんだと思う。ただ、局面のパターンが膨大で一〇の二二〇乗とかいわれてて、コンピューターでも全部は読み切れないから、結論は出ていない。全部を読み切れたら、先手が必勝ということになるだろうな。今、プロの棋士で、うんとトップクラスは先手が大体勝っているから。藤井さんも先手の勝率が九割近く、後手は八割弱で、先手の時のほうが勝っている。

将棋は先手が必勝と証明されたら、「やった、先手だ。俺の勝ち」とか言って、それで勝負が決まっちゃう。結果が分かっている将棋見たって、面白くないよな。コンピューターが出てきてから、将棋がつまらなくなったように僕は思うけど、これからはAIの外れ値、つまり予測とはかけ離れた手を指して、それで勝つという将棋が面白くなるんじゃないかな。

最近、囲碁では、アマチュアランキングでトップからひとつ下のレベルのアメリカ人プレイヤーが、プロのトップ棋士でも勝てない囲碁のAIに圧勝したんだよ。ケリン・ペリンという人で、AIの欠陥というか盲点を突いて、一五戦で一四勝した。だから、コンピューターもまだ万能ではなくて、開発しきれていないところがあるんだよね。

南　コンピューターに、相手がおバカな手を打つっていうのが、予測として入ってなかったんじゃない？　人工知能に天然知能が勝ったわけでしょ。

池田　もしかしたらそうかもね。囲碁で世界最強の棋士だった韓国のイ・セドルは、「努力してもAIには絶対勝てない」っていう理由で引退しちゃったんだけど、それを聞いて、不思議な人がいるもんだって驚いたよ。「一生懸命走っても、ランボルギーニには勝てないから、ランナーやめます」って言うのと同じだと思ってさ。ランボルギーニは、最高時速が三〇〇キロメートル以上のスーパーカーだよ。勝てないに決まってるじゃん。

高性能のコンピューターも、ものすごいスピードで膨大なデータを処理して、瞬時に判断しているから、人間の頭で太刀打ちしたって勝てるわけがない。ケリン・ペリンみたいな人もいるけど、勝てないのが普通なんだよ。だから人間同士で技量を競って、それで勝ってればいい話なのに、コンピューターに勝てないから絶望したみたいなことで辞めちゃうなんて、変わった人だよね。

†AIができないこと――天変地異の予想

南　最近、AIが絵を描くとかいって、言葉で入力すると、それをAIが在り物のいろんなソースをあれこれ貼っ付けて作るんですよ。だけど、できた絵は絶対、面白くないはずです。コンピューターは、これでいいんですねって、言われた通りのことしかやんないから。コンピューター本人はぜんぜん面白がって描いてないですからね。

将棋や囲碁とかのゲームの面白さっていうのも、頭の良さを競ってるつもりだったんだけど、そうじゃなかったんじゃないかな。対戦してる人同士の一種のキャッチボールみたいなことが、本当は面白かったんじゃないのかな。優秀な人が集まって、みんな優秀な中での面白さってなると、勝つことだろうけど。勝つのは気持ちいいから。

池田　ゲームは勝つか負けるか、決まっちゃうからね。たまに引き分けもあるけど。芸術は勝つか負けるかは決まんないから、面白いというのがあっても別にいいわけだよね。

南　見ている人が、面白いと思うかどうかは人それぞれか。

池田　僕は、正解がないほうが面白いと思うけどね。正解があるものって、何となくつまらない。ただ、ＡＩも万能じゃない。正解が出せないものがあるんだよ。それは厳密に未来を予測すること。ＡＩは囲碁や将棋みたいに、ルールが決まってるものは得意だけど、世の中ってゲームみたいにルールが決まってないし、未来に何が起こるかも分かんないから、ＡＩに未来を予測させると、大体おかしなことになる。

一番駄目だったのが、未来の気温を予測するコンピューターシミュレーション。一九九〇年代あたりに、二〇二〇年の気温がどのぐらい上がるかってコンピューターで計算して、いろんな数値が予測されたんだけど、ほとんどが外れたね。

南　コンピューターは何を根拠に、その結論出したんだろう。

池田　入力するファクターとしてCO_2（二酸化炭素）以外分からなかったから、それだけ入れたんだね。CO_2が当時のスピードで増加すれば、将来どのぐらいの濃度になるかって分かる。でも、それ以外のファクターは分からないから入れなかった。だから、駄目だったんだよ。

気温に最も影響するのは、太陽の黒点なんだよね。黒点は太陽の表面にある黒い染《し》みみたいなもので、黒点の数が増えると雲核（雲をつくる素）を作る宇宙線がディスターブ（妨害）されて雲の量が減り、地球の気温は上がる。だけど、黒点数の増減はおおよその周期しか分かっていない。コンピューターにも、厳密な数は予測できない。

火山の爆発も気温に影響するけど、これもコンピューターには予測できない。大噴火があると、火山灰とかが地球を覆って太陽光が弱まるから、すぐ〇・三度ぐらい平均気温が下がる。二〇世紀に平均温度が上がった原因のひとつに、大噴火があんまりなかったことがあると思う。大噴火が三、四回あれば、気温が上がり続けることはなかっただろうね。

日本人が地球温暖化以上に心配しなきゃいけないのは巨大地震。養老さんもよく話してるけど、南海トラフが危ないんだよ。南海トラフは、静岡県の駿河湾から九州の日向灘《ひゅうがなだ》まで続く溝のことをいうんだけど、深さ四〇〇〇メートルぐらいの海底にあって、巨大地震の震源地になっている。九〇年から一五〇年に一回の周期で、南海トラフ巨大地震が起きていて、最後に起きてから八〇年近くたってるから、二〇三五年頃がヤバイっていわれてる。

南海トラフ巨大地震の震源は、静岡沖、名古屋沖、四国沖の三つに分けられていて、それぞれ東海地震、東南海地震、南海地震といわれるんだけど、三つがほぼ同時に起きることがあれば、起きないこともある。前回の南海トラフ巨大地震では、東海地震は起きてない。

巨大地震では津波も発生する。高知は最大三四メートルの津波に襲われると予測されている。三四メートルって、一〇階建てのビルぐらいの高さだよ、半端じゃないよな。震源が近いから、地震が発生してから二、三分で津波が到達するらしい。本当にそうなったら、逃げてる暇はないだろうね。

火山学者の鎌田浩毅さん（京都大学名誉教授）が書いているんだけど、一番怖い予測は、南海トラフ巨大地震が三つ起きて、それに首都直下地震も加わって、四つの地震がほぼ同時に起こること。首都直下地震は南海トラフとは関係ないんだけど、関東大震災から一〇〇年以上たっていて、いつ起きてもおかしくないんだって。

さらにヤバイのは、東海地震は富士山の噴火を誘発することがあること。江戸時代の一七〇七年に起きた宝永地震の時は、四九日後に富士山が大噴火している。そうなったら首都直下地震が起きなくても、首都圏に火山灰が降ってきて大変なことになる。火山灰はガラスの破片や鉱石が主成分なので、吸い込んだら肺とかをやられるし、コンピューターに入れば使えなくなって、ライフラインや経済活動とかが止まる可能性がある。

鎌田さんは、南海トラフ巨大地震の被害は死者数、被害総額ともに東日本大震災より一桁多いと予測している。養老さんはずっと、そういう自然災害のことを心配しているんだよね。日本は、バカなことをやってる場合じゃないと思うけど。

†地球は大切にしなくたって、びくともしない

池田　そんな危険も予測されているわけだけど、コンピューターは未来に起こる自然災害も、厳密に予測できないからね。それができれば、何月何日何時何分に起こるから、予め逃げなさいと言えて助かるけど。でも、そういう発表をして何も起こらなか

ったら、店を畳んで逃げた人とかから、損害賠償を請求されるかもしれないな。
実際にイタリアではそういうことがあって、気候学者がバッシングされた。「おまえが言ったから、信用して行動したのに、全然起きなかった。どうしてくれるんだ」って。そうなることを恐れて、起こりそうだと分かっていても、誰にも言わず、自分だけ逃げるやつが出てくるだろうね。先の鎌田さんの予測だと二〇三五年、京大元総長で地震学者の尾池和夫さんの予測では二〇三八年に、南海トラフ巨大地震が起こりそうだという。二〇三五年に俺は生きてねえだろうから、別にいいけどさ。

南　でも、どうしたらいいんですかね。二〇三五年頃にそういうことがあり得る、そういうデータがあるってことを、大々的に知らせたほうがいいのか、知らせないでおくほうがいいのか。
知ってしまったら、もう、そのことしか考えられなくなっちゃう人もいるでしょう。あなたは二〇三五年に死ぬ確率が高いって、言われたようなものだから。何も知らなきゃ、実際に起こるまで楽しく暮らせるのにさ。

池田　そうだよね。だいぶ前だけど、巨大隕石が地球に衝突しそうだって話があったの、知ってる?

南 知らないです。

池田 本当に衝突してたら相当ヤバかった。恐竜を絶滅させたような巨大隕石が衝突したら、人類だってヤバイからな。計算し直して、大丈夫そうだって話になったのを聞いて、安心したけど。その時に思ったのは、隕石はぶつかるのが分かっていてもよけようがねえから、大丈夫だって言って、とりあえずその日まで安心させるんじゃないかってこと。本当のことを言ったら、パニックになるだけだから。

南 隕石のほうが地震より、さらにそういう感じですよね。

池田 隕石は大変だよ。中生代の終わりに落ちた巨大隕石の衝突跡が、メキシコのユカタン半島にあるんだよ。チクシュルーブ・クレーターっていうんだけど、直径が一八〇キロメートルぐらい。一八〇キロメートルって東京から静岡ぐらいまでだから、途方もない大きさだよね。

衝突した時にはその付近で地震が起きて、マグニチュード11とか12だった。12だとしたら、エネルギーの規模が東日本大震災の約三万倍だからな。津波も起きて、その高さが一六〇〇メートルっていわれてる。水の壁じゃなくて水の山だ。人類も終わるよな。

それでも地球は平気で、木《こ》っ端《ぱ》微《み》塵《じん》にはならなかった。「地球を大切に」とかよくいうけど、地球なんか大切にしなくたって、びくともしねえよ。人類はてめえのこと考えたほうがいいよ。

†死ぬこと考えたってしょうがない

南　みんないずれは死ぬってもちろん知ってるけど、それ、考えないようにしてる。
池田　考えてもしょうがないから。
南　日本が大騒ぎになるような巨大地震の予測なんかが出ると、そのことを真剣に考えなきゃいけないって思うような心配性な人は、眠れなくなりますよ。
池田　自分が死ぬかもしれないというのが現実的になったら、大変だよな。僕よりも若い世代の友人で、妹さんが悪性の乳がんだって診断されて、どうしようかって相談されたことがあるんだけど、本当に気の毒だった。

三十代とか四十代の働き盛りで「がんで死ぬかもしれない」と思ったら、心配でたまらないだろうね。育てなきゃいけない小さい子がいたり、大黒柱だったりすると、自分が死んだら残された家族の生活はどうなるのかって考えるよな。俺は「もう駄目です」って言われたって、子どもは自立してるし、誰も困らないけど。

俺がそのくらいの年代の時、ジープを運転してて崖から谷に落っこちたことがあってさ。『構造主義生物学とは何か』という最初の本を書こうと思ってて、まだ書く前だったから、落ちる時に真っ先に思ったのは、「しまった、本を書いときゃよかった」ということだった。

一〇メートルぐらい上から落っこちたから、一秒もかからずに一瞬で落ちたんじゃないかと思うんだけど、すごい長い時間をかけて落ちてるように感じた。落ちてる最中、「いつ死ぬか分かんないから、書いときゃよかった」「もう駄目だ、俺の人生は終わった」とか、頭の中でぐるぐる考えてたよ。

結局、でっかい淵の所に落ちて助かったけど、もしも岩の上に落ちてたらヤバかった。生きては帰れたけど、とにかく全身が青あざや血だらけになって、一カ月ぐらい家で寝てることになった。病院には行かなかったけど治った。

南　それ、す・ご・い・ねー！

池田　医者に診てもらってもしょうがないからさ。青アザができたところがだんだん黄色くなってきて、ずっと熱が出ていたよ。そのうち黄色いのが治まってきて熱も下がって、何とか歩けるようになった。回復してからかみさんに、「落ちる前に本を書いておけばよかったって、すごく後悔した」って話したら、「自分が死んだら、女房子どもがどうなるかってことを真っ先に考えないやつは人でなしだ」って責められたね。

　ともかく、死ぬ間際には昔のことが走馬灯のように思い出されるなんていうのは嘘だなと思った。その時に自分が一番気になってることが、最初に頭をよぎるんだな。

南　そういう体験した人って、その時考えてる時間がものすごく長いって、よく言いますよね。

池田　長い。スローモーションを見ているような感じだね。飛行機の墜落事故でも、落ちるまでの時間を長く感じているんじゃないかな。最後のメールに「ありがとう」

とか「俺の人生、おしまいだ」とか書いたのを送ってきたという話も聞くよね。

南 高校の時、柔道の落とし合いするみたいな遊びが流行《はや》ったんですよ。自分でも息止めて後ろから羽交い締めにされて、胸の辺りをギューッと圧迫されるとふっと意識がなくなる。今考えると危険なことをしてたなと思うけど、それをやられた時、意識がなくなって戻ってくるまで結構長かった。周りのみんなは、一瞬だったよって言ってんだけどね。

池田 頸動脈を圧迫すると、頭に血が行かなくなるから、一瞬気絶するよな。すぐに、また流れるから大丈夫だけど。

第5章

おじいさんの脳、若い人の脳

†おじいさんの脳は記憶が多すぎる

池田　おじいさんの脳は、どうしても働きが悪くなるよね。簡単には壊れないから心配しなくてもいいんだけど、問題は年をとると記憶が多くなることなんだよ。生きてる時間が長い分、いろんなことを記憶していて、記憶の収蔵庫がいっぱいになっている。

記憶をすぐに引っ張り出せればいいんだけど、加齢とともに引っ張り出す働きが弱くなるから、本当は覚えてるんだけど思い出せなかったりする。人の名前とか固有名詞とか、聞けば分かるんだけど、引っ張り出そうと思っても引っ張り出せない。そういうことがよく起こると、自分もいよいよボケてきたなとか思うよね。引っ張り出す力が衰えてくるのが、脳の老化現象の最初だね。

若い人がゲームを得意なのは、覚えてることが少ないからだと思う。脳の情報処理機能のピークは、一九歳あたりだと言われているんだけど、くだらない記憶がまだあんまりないから、動きがいいいんじゃないのかな。七十代の俺らの脳って、ヤバいこととか、とんでもない変なこととか、エピソード記憶がいっぱい詰まってて、引っ張り出す時に人に言えないようなことばっかり出てくるよな。

南　アハハ。そうだねえ。

池田　記憶の収蔵庫がいっぱいになると、そこがでかくなって、他の機能を担ってるところが浸食されて、思い出す働きが衰えていくのかもしれないね。真面目な人は一生懸命思い出そうとするけど、あれは駄目だね。

南　え？　そうなんですか。頑張って思い出すと、脳にいいって聞いたことあるけど。

池田　思い出すことをさっさと諦めて、すぐにネットで検索したほうがいい。関連する断片的な言葉をいろいろ入れて何回か検索すると、これだっていう情報がすぐに出てくるから。そうすると、脳に新たなターム（用語）として書き込まれる。思い出せないたびに検索することを繰り返しているうちに、そのタームを忘れなくなってくる。思い出そうとしてる時間は、無駄なんだよ。なるべく思い出そうとしないほうがいい。

†記憶の収納と神経細胞の数

南　思い出せないことって、例えば人名なら、どういうわけかいつも同じ人の名前が思い出せないんですよ。何度も同じことを思い出せないんですよね。この間もこれ思い出せなかったなっていうことはクッキリ覚えている。

池田　それは僕もよくあるよ。山や人の名前が多いね。一回しか登ったことのない、どうでもいい山の名前は覚えてるのに、何回も登ったり眺めたりして、よく知っているはずの山の名前を思い出せなかったりするんだよね。人の名前も同じで、あんまり親しくないのにすぐ思い出せる人と、かなり親しいのになかなか思い出せない人がいる。どうしてなんだろうね。

南　僕の経験では、何回か思い出せないことがあると、そうなる傾向がありますね。脳科学的にはどうなのか分かりませんけど、脳が「忘れること」を覚えちゃうっていうか、思い出せないことを覚えてしまって、思い出せなくなるという回路になっちゃうんじゃないかな。

池田　僕が最近、思い出せなかったのは、コマツナっていう野菜の名前。家庭菜園でコマツナを植えてるんだけど、コマツナっていう名前がなかなか出てこない。かみさんにいつも「何を植えたっけ」って聞いて、「ボケてんじゃないの」って言われてさ。

畑にはコマツナの他にカラシナやミブナも植えてあって、コマツナってその中でも一番ポピュラーなんだけど、思い出せなかった。だけど、コマツナを思い出せなかった話をしょっちゅうしてたら、思い出せるようになった。脳って不思議だよね。

僕が思うに、同じカテゴリーの言葉は間違えやすい。右と左、上と下とか。ユーチューブの自分の番組で恐竜の話をしている時、ティラノサウルスと言おうとして、トリケラトプスって言ってしまうことがよくある。脳の収納場所がすぐ傍で、記憶を引っ張り出そうとして、間違えて隣を引っ掛けちゃうんじゃないかな。ティラノサウルスと言おうと思って、南伸坊とは絶対言わない（笑）。カテゴリーが全く違うと引っかかってこない。

昔まだカーナビがない頃、うちのかみさんと俺の姉ちゃんと、俺が運転してドライブに行った時、姉ちゃんが道を知ってるっていうから、教えてもらいながら運転してたんだよ。で、姉ちゃんが「清彦、そこ、左ね」と言って、俺は「うん、分かった、左ね」って返事して、右にハンドルを切った。それを見てかみさんが「逆じゃない」ってびっくりしてた。姉弟ともに口では「左」って言って、右に行って納得しているから、あなたたちの頭の中は一体どうなってるんだって呆《あき》れてたよ（笑）。

南　アハハ。

池田　姉ちゃんも俺も、右と左を間違えて引っ掛けたんだね。その時に姉ちゃんは「左」って言いながら、目は右を見てた。だから、俺は右に行ったんだろうな。

人間の脳はうんといいところと、うんと駄目なところがあるよな。年をとった人の脳のいいところは収納している記憶が増えること、駄目なところは記憶を引き出すのが下手になること。いくらいっぱい記憶があっても引き出せなかったら、宝の持ち腐れだね。

大脳の神経細胞の数は、約一六〇億といわれている。毎日一〇万ずつなくなるという説もあるけど、そうだとしても簡単には全部なくならない。減るのは、一年で三六五〇万、一〇〇年でも三六億五〇〇〇万だからね。年とともに神経細胞が消えるのに加速がかかったとしても、一〇〇億ぐらいは残っていると思う。ただ、年をとるとアミロイドベータというたんぱく質が、神経細胞を死滅させるらしいから、もっと減っているかもしれないな。

†脳細胞のコミュニケーション

南　記憶のたとえ話で、棚に入れとくとか、引き出しに整理しとくとかっていう言い方で、説明しますよね。あれ、イメージ優先のタイプとしてはコマルんですよ。引き出しとか具体的に想起しちゃうから。実態に近いのは、どういうことなんでしょうか。回路がつながって思い出すとも言うけど、もっと直感的に、どういうふうに記憶が貯蔵されてて、どうやって引き出すのかを表せる言葉ってないんですかね。

池田　一六〇億の神経細胞が、いくつもグループをつくって、グループのメンバー同士で連絡を取り合い、グループAは南さんの名前、グループBは南さんの顔、グループCは南さんが最近書いた本のタイトル、という感じで、グループごとに覚えることを分担している、というイメージだと分かりやすいかもしれない。

だけど、寝ても覚めても南さんのことを考えてるわけじゃない。普段は忘れている。そうすると、南さんのことを記憶しているグループは活動を停止するんだよ。で、なんかの拍子に、「そう言えばこないだの南さんの本は面白かったな。なんていう題名だったっけ」と思い出そうとした時に、グループCが活動を再開して思い出すんだね。ところが、グループCのメンバーが全員揃わなかったり、揃っても応答しないメンバーがいたりすることがある。そうすると、思い出せなくなる。

神経細胞は、何か新しいことを覚えるたびにグループを結成して、そのことを考えなくなると活動を停止して、思い出そうとすると再活動を始める、という感じだね。とても動的で、同じ状態に留まってない。

具体的にいうと、神経細胞は他の細胞にはない突起があるのが特徴で、この突起で他の神経細胞と情報をやり取りするネットワークをつくることによって、何かを記憶したり、記憶を引き出したりしている。ネットワークは何を覚えるか、何を思い出すかで、電気的につながる神経細胞を変えていく。

例えば、南さんの服の色を覚える時と、南さんの好物を思い出す時では、神経細胞の電気的なつながり方が違うわけだ。グループというのはネットワークのことで、脳の中では常にいろんなネットワークが働いていてそのネットワークによって、言葉を話したり、似てるとか考えたりもできるんだよ。

回路がつながって思い出すというのは、まさにその通りで、ネットワークがスムーズに再現されて回路がつながれば、すぐに思い出せる。うまくいかないと、さっきの南さんのナイチンゲールや俺のコマツナみたいに、いくら思い出そうとしても思い出せない。

繰り返しになるけど、そういう時は無理に回路をつなげようとしないで、検索とかして覚え直して、新たにネットワークをつくったほうがいい。古い回路はつながりが悪くなって、使いものにならなくなっているかもしれないからね。

神経細胞同士は、人間みたいに言葉でコミュニケーションしているわけじゃない。脳の言語はさっきも言ったように電気信号なんだよ。神経細胞の突起の先端にあるシナプスが、口と耳の両方みたいなもんだね。脳ではインプットされた情報が電気信号に変換されて、まずAという神経細胞に伝わり、Aからシナプスを介してBという神経細胞に伝えられ、Bはそれを受け取って、今度はCという神経細胞に伝達する。そうやって、次から次にいろんな細胞に伝達することで、ネットワークが形成される。だけど、シナプスとシナプスの間には隙間が開いていて、電気信号はこの隙間を飛び越えられない。それをアシストするために、シナプスは神経伝達物質という化学物質を隙間に出す。そうすると、電気信号が神経細胞のAからBに伝わるんだよね。

神経伝達物質は一〇〇種類ぐらいあるとも言われてて、情報伝達のバトン役だけじゃなく、行動や感情、睡眠といったあらゆる脳機能に関与している。だから、単純な計算も複雑な思考も、好きとか嫌いとかの気持ちも全部、電気信号と化学物質から生み出されているんだよ。

南　すごくわかりやすい！　イメージつかめた人多いんじゃないかな。

†すべての人は変態だ！

南　僕は何かしてると、必ず同じことを思い出すことがあるんです。例えば、植木鉢に水を撒《ま》いている時に思い出す人がいて、そういえば前にも水を撒いてる時に思い出したなって思ったりする。そういうことが何回か重なると、脳がそのパターンを覚えてしまって、すぐにつながるようになっちゃうのかな。

これをするとこのことを思い出す連想っていうのは、その事柄同士にある種の関連性があるものだと思うんだけど、全然関連がないことを思い出すこともある。これは脳が関連性として思い出してるんじゃなくて、たまたまそういうつながり方をしちゃったのを、覚えちゃったのかなって思うんだけど。

池田　シナプスを介して神経細胞がどんなパターンでつながってるかっていう話だね。シナプスのネットワークは、八歳ぐらいまでに基本パターンが決まる。つながり方の基本パターンは人によって違うから、個性みたいなものも決まるんだよね。

南　変なつながり方をしてる人もいるんだろうね。

池田　いると思うよ。わかりやすい例が性的な興奮だね。何をインプットされると性的に興奮するか、人によって全く違う。世の中で言われてる変態趣味でも、俺には全くわかんない変態と、自分なりに理解できる変態があるよね。

大抵の男は女性の裸を見てセクシーだなとか思うけど、トイレで用を足してるところを見てセクシーだと興奮しちゃう人はマイノリティーだよね。女性用トイレに隠しカメラを設置して、逮捕されたりしてる人もいるよね。

そういう人は、それを見るとドーパミンが出て、報酬系が働くという回路ができちゃっているのかもしれない。ドーパミンは神経伝達物質のひとつで、人間に快楽をもたらす働きがあるから、また同じことをやりたくなるんだろうね。

何度も同じ快楽を味わっているうちに、回路がだんだん強化されていって、そういうことを見ると、あっという間にいきなり性的な興奮につながっちゃう。そういうのがあると、同じものを見るたびに、いつも興奮するようになるんだと思う。でもトイレの盗撮は犯罪だから、そういう回路ができた人は気の毒だよね。

南　それが普通の人を、変態にしちゃうわけですね。「普通はこうだ！」っていうのがあるようだけど、何となくそういうもんだってされているだけですよね。知らないうちに、勝手に、普通じゃないつながり方をしちゃった人が、変態になるのは当たり前ですよね。

池田　多数派だと普通、少数派だと変態に分けられがちだよね。性的マイノリティーの中でも、いろんなタイプがあって、ものすごく変なものを見て興奮する人もいるんだよ。コップが割れてるのを見ると興奮するとかね。俺にしてみれば、何のこっちゃって感じだけど、その人はそういう刺激に、何か感じるところがあるんだろうね。

南　そういう性癖がない人は、興奮する理由について、何かと関連付けようとするじゃないですか。こういう体験をしていたから、こうなったんじゃないかとか。僕はむしろ、そういうことで興奮するように脳の回路がつながったのは偶発的で、たまたまってことがきっとあるんじゃないかなと思いますね。

池田　なんかの加減でいきなりつながって、こういうのが好き、すごくいい、と思う脳の回路のバージョンのひとつなんだろうな。どういうことに快楽を感じるかは人それぞれだから、自分は普通だと思っていても、本当はみんな普通じゃないんだよね。「すべての人は変態だ！」っていうのはあるよね。

南　連想法記憶術ってのがあるんですよ。自分の体にナンバリングして眉毛（右、左）、目（右、左）、鼻、口にそれぞれ1〜6とするじゃないですか。それで六つの単語を覚える時になるべく強烈なイメージをそれぞれの場所で連想するんです。眉毛が燃えてるとか、目に手裏剣が刺さったとか、そうすると、火、手裏剣、みたいに順番に記憶できるわけです。このナンバリングを体中にして慣れたら一〇〇通りの単語も即座に記憶できるって（笑）。それ、うちのツマに言ったら「そんなことやって脳ミソ汚したくない（笑）」って。なるほど一理あるな〜って、今では思うなぁ（笑）。

†変態理論が教育を救う

南　高校生の時に読んでいた澁澤龍彦さんのエッセイでは、変態の話も淡々と語られていたので、変態に関しては高校の頃から割と寛容になってます。なんでこんなことを考えるんだろうとか、わざわざ変なふうになってるとしか思えないような趣味だったとしても、偶然にそうなったということではないのかな、と思うんですよ。

学問好きの人っていうのも、学問やってると気持ちいいから、学問好きになるわけでしょ。何かが分かった時に、気持ち良かった、楽しかった。だから、学問をやりたいと思う。そういう快感を、教育の方面にも使えないかと思うんですが。

学校の勉強が嫌いな子っていうのは、きっとそういう「分かった、気持ちいい」っていう体験が少ないんですよね。いろんな子がいると思うんだけど、うまいことそういう快感と結び付けてあげたら、今まで全然できないと思ってた子が、むちゃくちゃできるようになるっていう可能性あると思う。その子が「気持いい」と思うほうに、導いてやったらいいのにって。

そういう考えにならないのは、先生になったり、行政で教育のことを考えたりしてる人たちが、偶然に変なふうな回路になった人たちのこと理解できないままなんだろうな。その人たちは普通に、すくすく育ってるから。

変なやつって、自分から変になろうと思って、そうなってるわけじゃなくて、たまたまそういうふうになっちゃったと思うんですよ。変態に寛容になれば、教育問題ももう少しいい具合にいくんじゃないかなって思ったりします。

池田 そうだよ。近頃、多様性とか言ってるけど、枠の中の多様性だもんな。枠をはみ出ちゃった子は、多様って言わないというのも変な話だよ。小学校だと、一クラスに三〇人くらいの児童がいて、みんな同じことをしなきゃいけないのが現実だし。

南 僕は学校に上がる前、幼稚園とか行ってないんです。それで小学校に入ると、集団行動っていうのを当たり前のこととしてやらされて、「前へならえ」って先生が言うと、幼稚園に行ってた子たちはスッとやるじゃないですか。多分、幼稚園でやっていたんでしょうね。僕なんかは前へならえなんて聞いたこともしたこともないから、意味が分からない。先生は全然説明もしてくれない。だけど、みんなは分かっている、何で俺だけ分かんないのかっていう違和感は、すごくありましたね。慣れるまでものすごい時間がかかりました、小学校二年ぐらいまで。とりあえず真似すればいいんだなってのは思ってたんだけど、何のために「前へならえ」ってやってるのか、ぜんぜん分かってなかったですね。

池田　分かるね、その気持ち。僕も幼稚園や保育園に行かなかったから、小児結核で。小学校に入学した時は、平仮名を書けなかった。集団行動というのも、よくわからなかったよ。そういう体験と、生き方というか人としてのあり方って、何か関係するのかな、という気もちょっとするんだよ。普通の人とは、違う感性になるでしょ。前にも言ったけど、八歳ぐらいまでに脳の構造が大体決まって個性が出てくるから、その前に訓練された人とされなかった人では、同調圧力に対する感受性が違ってくるんじゃないかな。俺や南さんは鈍くて、同調しそうもないよね。

南 周りを見て何かやる必要はねえじゃないかって感じは、池田さんとすごく共通するなって思いました。幼稚園とかに行っていたら、自分だってどうなっていたか分からない。結果的にはいいほうに働いた気はしますけど。しょうがないんですよね、たまたま小学校で他の子とは違っていて、そのまま大きくなってるわけだから。

池田 秀才といわれるタイプの人は、子どもの頃から一番のメインストリート、王道を歩いているんだろうね。それで成功するかどうかは別なんだけど、南さんはへりっこをひたすら歩いていた感じだよね。だけど、イラストレーターになるための道としては、実はそれが王道だったとか、そういうところがあるんじゃない?

南 そうなんですよ。半分自伝みたいになっちゃった『私のイラストレーション史』(ちくま文庫、二〇二三年)をラジオで取り上げてくれた人がいて、その人と話している時に、最初からものすごく上手いことといっていたんだなって、初めて気がついたんです。それまで、そんなこと考えたこともなかった。いい大学に入っていい会社に就職するなんてハナから頭にない。自分でも意識しないでふらふら行っているうちに、昔憧れていた面白いと思っていた人たちにどんどん近づいていった気がします。

池田 人生って、やってみないと分かんないところがあって、だから面白いんだよね。僕なんかも、ずっとへりっこを歩いていた。生態学者になった当時は、遺伝子の突然変異と自然選択だけで進化を説明する「ネオダーウィニズム」が大流行《はや》りで、日本の生態学会はそれ一辺倒だった。最初は俺もやんなきゃと思ってやったんだよ。

でも、しばらくしたらすげえ気に入らなくなって、もうこれは全然駄目だと思い始めて完全に離れた。その時点で、生態学者としてはマイノリティーだよ。その結果、多くの人に見捨てられたけど、柴谷（篤弘）先生が拾ってくれた。柴谷さんは僕のことをすごく面白がってくれたから、勇気が出たよ。他にも養老さんを始め、僕を拾ってくれるいろんな人との出会いがあった。

柴谷先生や僕が唱えた構造主義生物学は、簡単に言うと「生物の大きな進化は遺伝子の突然変異と自然選択ではなく遺伝子の使い方を決めるシステムの変更によって起こる」という学説なんだけど、今ではそれがほぼ合っているってことになって、突然変異と自然選択だけで進化が説明できるという生物学者はいなくなった。一九九〇年代になっても、進化は遺伝子の突然変異と自然選択と遺伝的浮動で全て説明できると豪語していた人たちもいつのまにか密かに意見を変えたけど、池田清彦は一九八〇年代から、そういうことを言ってたなんて誰も言いたがらない。別にいいけどさ。

へりっこ歩いているマイノリティーだと、つらい思いをすることもあるけど、先のことなんか誰にもわかんないんだから、自分が面白いって思えることをやればいいんだよ。そういう生き方をしている人っていうのもまた面白くて、南さんはそういう匂いがぷんぷんして、すごい気に入っている。養老さんも最初は真面目な学者だったんだけど、バカバカしいから英語の論文は書かないとか言い出して、その頃から面白い人になったね（笑）。

†「分からない」を分かってくれない

南　すくすくと常識の世界に育つ子と、そうじゃない子っていうのは、何かちょっとしたきっかけで違ってきたんじゃないかな。勉強で分からないことについても、些細なことでつまずくんですよ。新しく教えられたことについて、言葉も新しく覚えなきゃいけないのに、今まで覚えた言葉で分かると思ってしまったり。そういう子には、そういう子に合った説明とかして、教え直してくれればいいんだけど、先生の最初の説明で、すっと分かる子もいるから、「分からない」を分かってもらえない。

学校の勉強ができる子って、みんなものわかりのいい分かる人たちです。学校のスケジュールに、何の苦もなく乗っかっていける人たち。そういう人たちと、「何言ってるのか、分かんないぞ」っていう子を同じ所にいさせたら、かわいそうだっていう発想がないんですよね。「できない子」なんだって思ってるだけで。分かんなくなってる子を別にして、分からないところを聞いて教えてやれば、簡単に分かるようになると思う。それができないのは、分かんない経験がない人たちが中心になって、教育をしてるからなんですよね。

池田　そうだよ、分かるから大学に合格して、教員試験にも合格できるわけだからね。僕は定時制高校の先生を三年間やったことがあるんだよ。勉強ができる生徒がいれば、全然できない生徒もいて、とにかく学力がバラバラだった。全員に同じテキストで教えても、できない生徒には分からないから、別なテキストを配っていたよ。できない生徒が、分かるように工夫してね。

本当にできない生徒は、小学校三年生ぐらいの学力しかないんだよ。ある生徒は、計算の仕方の順番をちゃんと分かっていなかった。「35＋68」とかを十の位から計算してるんだよね。3と6をまずたして、それから5と8をたすって。そういうやり方でも計算できないことはないけど、二桁同士の計算ならまだしも、三桁同士の計算になったら、訳わかんなくなってむちゃくちゃ大変だよ。「よくそんな難しいことできるな」って言ってたけど(笑)。「一の位から計算すると、すごく簡単にできるよ」ってやり方を教えたら、何回かやってるうちに、「分かった」って、すぐできるようになったよ。

南　そういうこと、世の中にすごくあると思う。つまずかない人は、つまずくやつのことが分かんないんですよ。

池田　僕のほうが勉強になったよ。こういう所でつまずくんだなって分かって。

南　学校の先生の集まりに呼ばれたことがあって、今話したようなことを言って、勉強が分かる順にクラス替えすればいいって話したら、「それはやっちゃいけない。それは差別だ」ってものすごい剣幕で反対された。答えが出せて気持ち良かったり、楽しかったりするっていうことが一番必要で、それこそ「平等に」感じさせなきゃってことなんだけど。全然取り合ってくれなかったですね。

池田 その人たちは、人間の脳は全部ニュートラルで、同じだと思ってるんだろうね。同じ脳だから、同じ教育をすれば、同じように育つって。そんなわけない、全部、違う脳だから。今、そういう点も含めて、日本の教育が本当に駄目になってて、日本でイノベーションが起こらなくなったことの大きな原因のひとつだと思う。

アメリカなんかはそういう配慮を最近は分かってきて、平均より高い知能がある、いわゆるギフテッドの子はやっぱり特別だから、特別な教育をしてもいいんだという話になっているよね。日本だとギフテッドの子はかわいそうだよな、「学校行っても面白くないから」で才能を発揮できずに終わっちゃうんだよ。

南 そういう子は、学校なんか行きたくないだろうな。早く自分だけで、本当にやりたいことをやりたいと思ってるでしょうね。

池田 分かる子が授業で習う前に、どんどん先まで自力でやっても、怒られたりするんだよな。教えてないことをやっちゃいけないって。

南　それがものすごい変ですよね。

池田　本人が分かるんだから、教えていようがいまいが、さっさとやればいい。面白いって思えることをやればいいんだよ。分からない子は、教え方が自分に合ってないから分からない。そういう子は、その子に合う教え方をすれば、かなり伸びる。

だから、成績でいうと一番上と一番下はNGで、真ん中の子だけを優等生にしていくっていう仕組みなんだよな。優等生が官僚になって教育行政を仕切ってる限り、今の仕組みは永遠に変わらないよ。正解があるものを勉強して、いかに早く正解に到達するかを重視しているから、「分かりすぎてつまらない」「分からなくてつまずく」が理解できないよな。

優等生は大学入学試験でいい点数が取れるだろうけど、社会に出てイノベーションを起こすようなことをできるかどうかは、また別の才能だからね。人間は個性があるってよく言うけど、多くの人が東大に入ることをありがたがるのを見てると、個性っていうのはそういうことじゃないだろうと思うよ。

南　そういう人にとっては、役に立つ個性だけが個性なんで、とりあえず変なのって全然お話になんないわけですよね。

池田　役に立つかどうかなんか考えても、しょうがねえと思うけどな。

†「分かる」と面白い

南　学校の勉強に関しては、教えるほうにも教わるほうにも、楽しいっていう発想がないんですよ。分かったら面白いっていう、その快感が一部の子には分かってると思う。つまり頭のいい子です。

　おとなしく座って勉強させることじゃなくて、楽しい、面白いっていう快感を優先するって、考えをがらっと変えればいいと思うんだけど。楽しい思いをさせるっていうことを第一に考えれば、うまく回り出すんじゃないのかな。

池田　分からなかったことが分かるっていうのは、楽しいことだもんね。

南　脳自体はそういうふうにできてるはずですよね。

池田　勉強って、苦行だと思ってる人が多いのかな。本当は面白いからやるもので、苦行なわけないんだけど。苦行の勉強をさせられても、試験が終わったら全部忘れちゃって何にも覚えてない。面白ければ、人間って覚えているからね。

南　学校の授業が面白いって思ったのは、高校を出て美学校に行くようになってからですね。先生たちも三十代ぐらいで若くて、楽しんで授業してるんですよ。それがこっちにもうつるって感じで。ほとんどの先生は教えようなんて気はなくて、生徒が分かろうが分かるまいが、自分が今考えていることを話すんです。そうすると、何となく分かったような気がする。とにかく授業が楽しくて、ノートなんか取っちゃったりして（笑）。

池田　すごいね。俺、ノート取ったことねえんだ、面倒臭いじゃん。どうしても必要なことは、教科書の後ろのほうにちょこちょこって書いてた。鉛筆もあんまり持ってなくて、必要な時は隣の奴に貸してもらってね。

南　それもすごいね。試験の点数がいい人は、写真記憶ができる人が多いって、養老さんに聞いたことがあるんですけど、池田さんもあるんですか？　養老さんも、写真記憶みたいなことができたみたい。

池田　俺はあんまりない。内田樹《うちだたつる》（思想家）はそうだな。英語の教科書でも一度見れば、写真を撮ったみたいに頭の中に全部が入るから、試験なんて楽勝だ、と思ってたようだね。で、ある試験の時に、頭の中の教科書をめくったら白紙だった。写真記憶が全部消えちゃったことがあって、これはまずいと思って、一生懸命勉強して、やっと大学入ったって言ってたよ。

南　写真記憶ができる人は、全体からみれば少ないと思いますけど。

池田　普通じゃないからね。

†絵を描く脳

南　前にチンパンジーの記憶の話にも出ましたが、チンパンジーも、つまりカメラアイを持っているってことですよね、見たものを一瞬で写真のように記憶する。

池田　チンパンジーは木を見て実がなってたら、写真記憶でどこにあるかを一瞬で覚える。写真記憶に長《た》けている人って、チンパンジーに近い能力が残っているともいえるよね。

南　写真記憶ができると、写生をする時にものすごく有利だと思います。写生は描く対象を見て絵を描き、また見て描く、という作業の繰り返しで、目線が変わるたびに頭が揺れて、いつも同じところに、ピントを合わせるのは至難の技です。なんとか騙《だま》し騙し合わせてる。写真記憶があれば、その記憶を見て描けばいいので、いちいち描く対象を見なくてもすむから、ピント合わせの苦労もなく、描くことだけに集中できますね。

ネコみたいな動く生き物とかは、写真を見て写生するほうが簡単です。写真は動かないから。写真がなかった時代、日本の絵描きは、ずっと見ていて記憶を定着させるようにしていたと思う。そういう写真記憶のような能力のある人が、絵描きになっていた。その記憶をもとにして、すらすらっと描くんですね。

明治の頃、学術調査のために日本に来ていた、エミール・ギメってフランス人がいるんですよ。フェリックス・レガメって画家が帯同して、まあ調査のヴィジュアルな記録をさせます。

レガメを連れて、浮世絵師の河鍋暁斎《かわなべきょうさい》の家に行く。ギメがいろいろ話を聞いている間、レガメは暁斎の肖像画を描いていた。そうしたら暁斎が、「俺も絵描きを描く」って言って、絵描き同士で描き比べになった。

暁斎は描かれている間もわざとのように動き回る。レガメはものすごく描きにくい。暁斎のほうは相手をずーっと観察してて写真記憶すると、一気に描いた。その絵の写真があるんですけど、西洋人の描いたデッサンみたいです。ギメたちはそれを見て本当にびっくりしたらしい。日本人は写実的な絵を描けないって思ってたから。

葛飾北斎が西洋であんなに有名なのも、動きを描けるから。西洋の絵描きは動きを描けない。モデルがいて、それを描いているから。モデルは同じポーズで動かない。写真みたいなものですよね。

実際には見ることができない、例えば聖書のある場面を描いた絵でも、必ずモデルがいるんですよ。それらしい服を着せたりして、それを見ながら描く。

西洋の絵は、動きはないけど写真的ですよね。何百年も前の絵なのに、人とその陰影の位置が、ぴたっと合ってる。肉眼だけで見てそういうふうに描くのはかなり難しい。どうしてこういうふうに描けるんだろうって、不思議に思った画家がいます。

ホックニー（一九三七年〜）っていうイギリスの画家です。年代順に有名な絵をカラーコピーして並べて見てみたら、一五世紀頃から突然、ものすごくまるで写真のように写実的に上手くなっているのに気づいた。ホックニーはこの写真のような絵は、写真が発明されるはるか以前から「写真のようなもの」があったからなのだ、というのに気がついたんです。デビッド・ホックニーはこのことを『秘密の知識』という本で明らかにした。西洋絵画が写真のように写実的なのは「写真のような装置」があったからなんです。

一六世紀末のイタリア人画家カラバッジョは、まるで写真みたいな写実的な絵を描いてるんですけど、この機器を使って壁に投影された映像をなぞってデッサンを取っていた。その方法だと、リンカクも陰影も写真のように描ける。ある程度の大きさの映像があれば、簡単に拡大できて、大きな絵も描けたそうです。フェルメール（一七世紀のオランダ人画家）も、このカメラのような装置カメラ・オブスクラを使っています。つまり写真はまだ発明されてなかったけど実質的にはほとんど写真を利用してるのと同じということです。

カメラ・オブスクラがあれば、実物をずっと見て記憶するレッスンなんか必要ないし、おどろくほど写実的な絵も描けるわけです。日本では、そういう技術が知られていないので、なんで西洋の絵描きはあんなに写実的に描けるんだろう、絵描きってそういうことができる人なんだって思われてますよね。日本人の絵描きは西洋に行って、写実的な絵を見ると、影の特徴とかを覚えて、教えられなくても、それらしい写真みたいなデッサンを描けるようになっちゃうんですよ。

印象派の人たちで、先生に付いて習っていない人は、この『秘密の知識』を教えてもらってないから、自分で何とかするしかない。早く描こうとやってると、そういう訓練ができてきて、早く描けるようにはなる。だけど、従来の古典派みたいな写真みたいな絵は描けないんです。それこそ印象で描く絵だから、雰囲気はあるんだけど、くっきり写真を撮ったみたいにはならない。

池田 カメラアイに長けているサヴァンの人の絵も独特だよね。飛行機に乗ってもらって、見た風景を描いてくれと頼むと、上空の窓から撮った写真みたいな絵を描くんだよな。僕らが絵を描く時は、輪郭を描いてから細部を描くじゃない。だけどサヴァンの人は、コンピューターグラフィックみたいに適当な所からぼこぼこ描いていって、最後は辻褄が合っちゃう。頭の中に入ってる映像のパターンが、僕らとは全然違うんだろうね。

南　頭の中に映像の記憶がくっきりあるからなんでしょうね。

†AIの絵はなぜつまらないのか

池田　サヴァンの人がすごい絵描きになるかっていうと、それはまた別なんだよな。写真と同じような写実的な絵を描いても、見る側はあまり面白くないから。自分が見たものを、いかにデフォルメして面白く表現するかっていうのが絵の面白さでしょう。正確に写す能力とは、違う能力が必要なんだよな。

音楽でも、サヴァンの人は一回聴いただけで、ピアノで再現して弾けちゃったりする。そういう人が天才的なピアニストになるかっていうと、やっぱりそうでもないんだよ。完璧に弾けることと、自分なりの工夫をして魂のこもった演奏だと人を感動させるように弾くっていうのは、また別の話でさ。

南　前に、ＡＩが描いた絵はあんまり面白くないだろうって話しましたが、同じことだと思います。コンピューターだけで見事に出来上がったって、感心はできても面白くはない。写真見てホンモノそっくりって驚く人はいません。

池田　カメラで写真撮るみたいに絵を描けたとしても、それをどうやって面白く変形していくかっていう、そういう能力が絵描きには大事なんだろうね。現実とぴったりの写真みたいに描くことじゃなくて。

南　写真も、上手い人と下手な人がいますよね。写真家やカメラマンという職業もあるわけですから。写真を撮ることは誰でもできるけど、面白い写真を撮れるかどうかは、それなりの工夫をしないといけない。

池田　どこをぼかすとか、余計なものは写さないとかね。同じ写真でも、「おっ」と思うような写真と、そうじゃない写真があるよな。僕はどこかへ行った時とか、そこに行った証拠として撮っているだけだから、余計なものがぼこぼこ写ってて、かみさんから「あなたは写真が下手くそだ」って言われるよ。確かに女房が撮った写真は、何を強調したいかっていうのを考えて撮ってて、なるほどなって思った。「あなたが撮ると、適当に上から撮るから、私はいつも足が短く見える。そういうのは下から撮るんだよ」とも言われた。

南　アハハ。

†いかに変な解き方ができるか

池田　今の日本の学校の試験だと、とにかく正解に早く到達すればいい、それで高得点稼げた者が勝ちだから、その間にある工夫とかは加味されないよね。僕からすると、解き方にも面白い解き方や、時間がかかっても変な解き方がたくさんあって、変な解き方で解いたほうが、面白いと感じたりするんだけど。

南　変な解き方をすると、変なことを思い付くじゃないですか。今まで正解だけしかなかったところから、違うものが出てくる。イラストレーターのみうらじゅんさんは、何か面白いこと考えるときそこにとりあえずダジャレを入れる。そこで意味からジャンプするんです。ダジャレ経由で理屈考えると新しい発想ができる。
　ダジャレって言葉の音が似てるってだけで、無関係のものが結び付く遊びですよね。

音が似てるっていうだけで、フツーの発想から離れられる。思考にダジャレを一個挟むと、変なものが見えてくる。変な解き方ができるんですよ。これ天然知能ですね。

池田　数学だと、ひねった問題なら解き方がいくつもあるからね。俺はよく数学の先生に、「池田くんは誰もやらないような解き方をするから面白い」って言われたよ。

南　数学の先生や専門家は、解き方がエレガントだとか、面白いとか、解までの道筋を見てくれますよね。

池田　そうだね。変な解き方をするのは自覚があって、そのほうが解いてる自分が面白いんだよ。入試や学校のテストでは、なるべく最短で正解に当たるような解き方じゃないと、時間が足りなくなっちゃうけどね。

南　その試験のやり方、時間内に答えを出さなきゃいけないっていうのは昔から大前提ですけど、いいのかなあ。能力を検定するにしても、そんなに早く答えを出さなきゃいけないのかって、考えることもできるじゃないですか。時間がかかっても、突然何かを思いつくこともある。正解を素早く出すほうが必ず偉いってなんか違いますよね。そういう能力だけが過大評価されてるんじゃないか。

池田 受験勉強なんてまさにそうで、いかに素早く、最短の時間で正解に到達するかを競う仕組みだからね。でも考えてみたら、それこそがなんの面白みもないんだよね。

小学校の同級生に、数学だけがものすごく得意な友達がいたんだけど、数学以外はからっきしだったんだよね。で、僕が東京教育大学に入った後、キャンパスでその彼にばったり会った。話を聞いたら、当時の東京教育大は数学が満点だと、他の教科ができなくても入れたらしいんだよね。とにかくそいつは、数学ができる。

大学の代数の授業に一緒に出てると、彼は解くのがものすごく早いから、先生は解くのが面倒くさい時、全部そいつに聞いてたよ。彼が「答えは、〇〇です」って答えると、先生は「みなさん、あとは自分で解いてください。答えはさっき教えたから」とか言ってね。

僕はその後、大学院のマスターコースまで行って、ドクターコースに落っこちた。その彼にまたキャンパスで会って、「俺、ドクター落っこちちゃった。おまえは？」って聞いたら、「俺はドクター受けなかった。先生に言われて、助手になるから」って。彼はものすごく数学できるから、先生に大学院のドクターコース受けなくていいから、助手になれって抜擢《ばってき》されたらしい。その後の話はあまり聞かないから、大数学者にはなれなかったんだろうね。素早く与えられた問題を最短で解く能力があっても、研究者として自分で問題を考えるとか、今まで知らなかったような定理を発見するとかは別の能力だからね。

南　数学者は、むしろそういう別の能力こそ必要な仕事なんでしょうね。素早く正解を出すっていうのは、今やコンピューターでできるんだから。

池田　そうだね。昔のヨーロッパでは、数学サヴァンの人が銀行の仕事で重宝されて、高給で雇われてたんだよ。計算するのがとにかく速いから、そういう人が一人いると、金額のチェックがあっという間に終わる。その人にチェックしてもらって、「これで合ってます」となったら、さっさと家に帰れるからね。でもコンピューターが出てきたら、そういう能力の人は失職だよな。

†大学の入試はくじ引きにした方がいい

南　今の日本の入学試験のやり方も、言ってみれば早く回答できる人を選抜してるわけですよね。そうじゃない方法もあり得ると思うけど。そういう人しか選ばれないなら、試験なんかしないほうがいいんじゃないかって。

池田　同じようなことを、ハーバード大学教授のマイケル・サンデルが言ってるよね。ある程度以上の能力があるのが分かったら、あとはくじ引きか何かで合否を決めればいいって。半分はくじ引きにするとかさ。そのほうが変なやつが来て面白いからね。適度に読み、書き、そろばんができれば、あとはくじ引きでいいじゃんって。

実際に、抽選制を大学受験で導入している国もあるんだよ。オランダでは一九七二年から、医学部は一定の学力に達した人をくじ引きで選抜してた。だけど毎年外れちゃう人から訴えられたりして、二〇一七年に廃止されたんだよね。それでも、形式はちょっと違うみたいだけど、二〇二四年からまた抽選制が復活するようだよ。学力だけで合否を決めると、教育費をかけられる裕福な家庭の子が多くなったりするじゃない。だけど抽選にすれば、貧しい家の子にもチャンスが広がって、多様性が確保できるよね。

南　くじ引き賛成。入学試験、落ちまくってたから（笑）。

池田　受験勉強とかしたの？

南　してない（笑）。

池田　そりゃ、落ちるわ。日本の入試制度だと、受験のための勉強をしなかったら、志望校に合格するのは難しいから。

南　中学生の時、受験勉強はしなくていいって勝手に決めちゃったんですよね。高校受験で志望校に落ちて、補欠募集をしている高校も落ちるし、何でこんなに俺のことを入れたくないんだろうっていうぐらい落ちまくった。それで家の近くの都立文京高校の定時制に通うことになって、夏休みに全日制への転入試験を受けたら、これも落ちた。翌年、都立工芸高校に合格したけど、おそらくギリギリだったと思う。

池田　俺、文京高校の定時制の先生、一年間やってたよ。山梨大学に行く前だったかな、一九七八年頃だったかな。当時は東京都立大学の大学院生だったけど、結婚してて、かみさんが会社辞めちゃったから食うに困ってさ。

南　ええーーッ。俺、やっぱり池田さんと縁があったんだねえ。大学院生って高校の先生になれるの？

池田　今は多分駄目だけど、当時は正規の学生でありながら、正規の教員になれたんだよ。僕の先生が、昔そういう学生がいたってことを調べてくれて、教授会で認められたんだ。教員になると通勤手当がつくんだけど、学生でもあるから学割がきいて得したよ（笑）。

南　時期は違うけど、同じ高校で生徒と先生か……。池田さんは、博士課程の試験に落ちたって言ってたけど、他に落ちたことはないの？

池田　落ちたのは、博士課程の一回だけだね。どうしようかと思っていたら、次の年に都立大学の北沢右三《きたざわゆうぞう》先生が拾ってくれたんだよね。すんなり教育大の博士課程に進めてたら、今とは違う人生になっていたかもしれないな。

人間って、試験に落ちたりして挫折することで、転機が訪れるんだよね。それで面白い方向に行く人もいれば、転げ落ちちゃう人もいると思うけど、完全にレールの上に乗って、どんどん出世する人生が面白いかどうか。俺はあんまり面白くないと思う。面白い人って、どっかで挫折している人が多いよね。

南　僕は藝大（東京藝術大学）も三回落ちてるんですよ。そしたら、一九六九年に

「美学校」ができた。澁澤龍彦さんの講義とかもあって、これはすごいってなって。何より試験がないっていうのがすごくいい（笑）。それで、美学校に入ったんです。

池田　藝大に受かっていたら、行ってないよね？

南　多分。赤瀬川（原平、美術家・作家）さんも美学校の講師だったから、美学校に行ってなかったら出会えてなかったかもしれないですよね。

池田　僕は小学生の頃から、一生虫を採って生きていけたらいいなって思ってた。だから、大学の先生になりたかったんだよね。どっかの大学の生物学教室に潜り込めば、好き勝手にできるって思って（笑）。今から考えると甘い考えだったんだけどね。南さんと違って少しは計画性があったし、どうすればなれるかっていうことも自分なりに分かってたから、東大とまではいかなくても、それなりの国立大の理学部に入って、大学院へ行こうって思って、その通りになった。

大学院の時もネオダーウィニズムはあんまり好きじゃなかったんだけど、流行《はや》りの論文を書けば就職が楽になるのは分かってたから、そういう論文を書いたよ。一流に近い学術誌で認められる論文を二、三編書けば、どっかの国立大学の講師ぐらいにはなれるだろうっていう打算みたいなのがあってさ。そしたら、案外うまくいくもんだよね（笑）。それで三一歳の時に山梨大学に就職したら、それから後はネオダーウィニズムくそくらえみたいな話になっちゃったから、むちゃくちゃ変節が激しい。

だけど、ミイラ取りがミイラになっちゃうことも多いんだよ。自分はつまんないと思ってネオダーウィニズムをやってたけど、それを褒めてくれる人がいると、そっちの陣営になびいちゃう。マジョリティーでいれば味方が多くて楽だからね。だけど俺は全然なびかなくて、ちょっと頭が変なのかもしれない。

†昔の学校は自由奔放

池田　定時制の教員時代は、本当に面白かった。一六歳ぐらいの女の子から、自分より年上の三十過ぎのおじさんもいて、集団就職で上京してきた子もいたね。暮れになると、おじさんたちが「先生、飲み行こう」って忘年会に誘ってくれて、クラス全員で行くんだよ、未成年者も含めてね。それで、どんちゃん騒ぎ（笑）。今なら絶対にクビだな、マスコミに叩かれまくってさ。

山梨大学に就職が決まった時は、僕のクラスの連中がお祝いをしてくれるっていうんで、三月に学校のすぐ目の前の料理屋で、みんなでどんちゃん騒ぎした。その時のアルバムあるよ。今はちょっとしたことでも、コンプライアンスに違反するみたいなことになるでしょ。昔はそんなこともなく、先生もいい加減な人が多かったよね。

南　いいなァ、池田さんの生徒になりたかったなあ。文京高校にアル中の先生がいてさ、英語の先生なんだけど、黒板に字書こうとするとカンカンカンって手が震えて、ぐっと押さえないと書けない。フラっと教室から出ていくんですよ。で、戻ってくると、ちゃんと書けるようになってる。どこかでお酒入れてきたんだな（笑）。今はそういう人を許さない世の中になっちゃって、つまんないですよね。

池田　定時制高校の先生だった時は、くわえ煙草で授業してたよ。当時は一日八〇本ぐらい吸ってたからね。生徒が俺たちにも吸わせろってごねるから、教頭が何時と何時に見回りに来るから、それ以外の時は吸っててもいいよとか言って。火事になったら困るんで、水を張ったバケツの中に吸殻を捨てさせて、順番にたばこ当番を決めて、当番が必ず後始末するようには言ったけどね。

「先生、見つかったらどうする？」って心配する生徒には、「だから、見つからないように吸えっつってんだろう」とか言ってさ（笑）。「いざとなったら俺が責任取るから心配しなくていいよ。俺はクビになっても生きていけるから大丈夫」とか言ったら、生徒も俺がクビになったら悪いと思って、ちゃんとするんだよね。見つかったやつは一人もいなかった。そういうもんだよ、人間って。

南　いや、本当にそう。

池田　美学校は、どんな雰囲気だったの？

南　一九六九年だから、全共闘の頃で、そこら中で暴れ回ってて、オレ達もあれやりたいってことになったんですよ。組み合わせて作業台とかにする箱馬みたいな木箱がいっぱいあったんで、それでものすごく簡単にバリケードができちゃう。だけどそれバリケードじゃないでしょ、ただブロック積んだ塀みたいなもんで。どんどんできちゃうからまるっきり面白くない、じゃあ炊き出しってのすることになった。インスタントラーメンとでかい鍋買ってきて、ラーメン食ったところで、すっかり満足しちゃって、「まだやる？」みたいな感じ（笑）。結局、最後まで残ったやつは一人しかいなかったみたいで、かわいそうだったとかって、校長先生が後で言ってましたけど。

池田　先生から怒られなかったの？

南　美学校を設立したのが、現代思潮社（現・現代思潮新社）って新左翼（戦後の左翼的な政治運動）系の本出してた出版社で、学生運動の親玉みたいなもんだから、先生たちは面白がって見てましたね。

池田　いいのか悪いのか分かんないけど、活気があったことは確かだよね、いろんなことで。今の学生を見てると、何となくしょぼくれてる感じだよね。面白い、めちゃくちゃなことやろうってやつが減ったよな。社会に出たら出世コースに驀進《ばくしん》して金儲けに一途になってるやつと、やる気がなくなっちゃってるやつとに分極化して、真ん中のやつがいなくなった。

俺らが若い頃は、将来どうなるかなんて気にしてなくて、何とかなるだろうと思ってたやつが多かった。実際、大半は何とかなってるしね。今は非正規雇用が増えて、一度そうなるとずっとそのままだったりするから大変だよな。むちゃくちゃなことなんかできないし、つまんなくなったっていうのはあるよね。

南　池田さんが大学の先生だった頃の学生も、今とは違っていました？

池田　山梨大の先生になった頃から、もう落ち着いてたね。だけど、僕のゼミの男の子は、ほとんど虫採りになった。僕がいつも楽しそうに虫採りに行くじゃない。「おまえらも来る？」って聞くと、ついて来るんだよね。手取り足取り教えなくても、僕の背中見て自分たちで虫を採るようになって、そのうちに虫採りが本当に好きになるんだよ。今でもそのうちの何人かは、一生懸命採ってる。俺より上手い。

本州では五〇年ぶりの新属新種のカミキリムシを発見したやつもいるんだよ。辻栄介君っていうんだけど、見たこともないカミキリムシを採ってきたんで、新種だったら記載するって言ったら、一緒に見ていた伊藤秀史君っていう子が、来年でっかいオスを採ってくるって言うんだよね。辻君のはちっこいメスだったから、俺がでっかいオスがいるはずだって言ったからかもしれない。見たことがない虫がなぜその種の中で小さいのかどうか、どうして分かるのかって聞かれたことがあるけど、それが分かるんだよね。長年、虫の標本を見ていると勘が働くようになるからさ。そうしたら、本当に次の年に、でっかいオスを採ってきたんだよ。

それで、俺が命名したの。属名は「ツジウス」、種小名は「イトイ」で、学名は「Tsujius itoi K.Ikeda」って記載した。和名は「ツジヒゲナガコバネカミキリ」といって、カミキリムシの図鑑に出てるよ。自分の名前が付くまで、一生懸命虫採るってすごいよね。辻君はカミキリムシの天才的な採集人になったね。この辺には、こういう珍しいカミキリがいるんだよ、辻君だったら採れるはずだと言うと、辻に向かってそのカミキリムシが飛んできて、服にとまるんだよ。虫をおびき寄せるフェロモンでも出してんじゃねえかって思うよ（笑）。

先生が変わり者だと、変わったやつが来るっていうことはあるかもしれないね。先生が目の色変えて虫採りしているんだから、よっぽど面白いんだろうなと思うらしいよ。自分も始めてみると、結構面白くなったりするんだろうね。そういうのに全く興味ないやつは、そもそも俺の研究室なんかに来ないけどね。

南さんは自分の弟子とか、教え子とかはいないの？

南　いないです。教えるのは、あんまり得意じゃない。赤瀬川さんは美学校で、何だかんだ一〇年近く先生やったんだと思う。僕は赤瀬川さんの弟子っていうか。

池田　赤瀬川さんたちとやっていた「路上観察学会」は、いつ頃から始めたの？

南　美学校に行っていた頃からです。あれは新しいジャンルを発明したっていうか、発見したっていうか。そういうことだと思うんですけど、冗談なんですよ、最初は。冗談からいろんなことが始まるっていうのも、自分の体験上、全てのことに言えて。まともに築き上げていくとかっていうよりも、ものすごく気軽に始めた。そういうことから発明ってのは生まれるんじゃないかって気は、すごく今でもしてますね。

†首尾一貫はバカのやること

池田　今の日本のやり方の悪いところは、ある基準があって、全部その基準に当てはめてやろうとするから、変なやつが排斥されていく。文部科学省の科学研究費もそうだよ。基準に当てはめようと、いろいろと書かされる。俺は科学研究費なんて要らねえから、書いたことないけど。

南　そういうの、本当に残念な感じがしますよ。決定権を持ってる人が、そういう人ばかりなんですかねえ。

池田　そういう基準みたいなのがあると、大体選ばれるのは、終わった研究ばかりなんだよな。要するに、偉い人とか、文科省の役人が分かるような研究は、もう駄目なんだよ。駄目っていうか、お金かけるんだったら、誰もわけが分からないような研究にかけなきゃ。わけが分かんないような研究から、すごいのが出てくるんだから。

何か基準みたいなのを作って、基準から外れた研究は全部落としちゃうから、イノベーションも全然起こらない。誰もわけ分かんないんだったら、広く均等に予算をばらまけばいい。そのほうが面白い研究が出てくるよ。

南　自分たちが全部コントロールできるっていう前提でやってるのが、違いますよねえ。

池田　日本は、なにか新しいものを生み出すには、偶有性が必要だってことが全然分かってないからね。だから、本当に変な研究が出てこなくなった。

アメリカは一九七〇年代頃、日本と同じことをやってたら負けるって分かったんだよな。日本が一九六〇年代から七〇年代に工業化して、効率も良くなって、性能のいい製品をたくさん作れるようになって、世界を制覇する勢いになった。アメリカが同じことやろうとしても、国民の気質とかが違うからできない。それで、今までにないものを作ることにシフトチェンジして、スティーブ・ジョブズみたいなのが出てきた。

南　ジョブズがつくったスマホのデザインいいですね。シンプルなのが好きだったみたいで、「そういうふうにしろ」ってむちゃぶりしたらしい。そういうところが面白いなって思う。

スマホの内部のメカニズムを開発する技術者からすると、見た目がきれいとか関係ない。だけど、ジョブズは「きれいにしろ」「ボッチが何も付いていないスマホを作れ」って言う。最初にこういうものにしたいっていうのがあって、それを実現するためのアイディアを出すことを求めた。それで技術者も、いろんなことをやるようになったんでしょうね。

ボタン必要ならあればいいじゃないって思ってる人は、大きいまんまじゃないですか。小さくしようと思うから、最初に「好み」があって、何が何でもそうしろって言うジョブズがいたから、できたことだと思う。

池田　ジョブズって、すごいワンマンで、自分の意見を曲げなかったみたいだね。誰かに聞いた話だけど、ジョブズは新しいことをやろうとした時、大人数の会議はやんないで、少人数の会議をしたらしい。教授会なんかもそうだけど、出席者が多いと九割ぐらいの人は発言らしい発言はしねえんだよ。自分の意見を言わなきゃ会議に出てる意味がないんだけど、人数が多くて発言しない人がほとんどだと、発言しなくても目立たないからね。だけど人数が少ない会議では、発言しないと目立つから、しょうがなく何か言うわけだ。

ある時、日本人の技術者が一〇分ぐらいプレゼンすることになって、いろいろとごちゃごちゃ言ったらしいんだよ。ジョブズは気に食わなくて、その話はもうやめろ、黙れとか言ったけど、その人は俺はあと三分しゃべる権利があるとか言って、しゃべり続けてたんだよね。そうしたら残り一分ぐらいになった時に、ジョブズの顔色が変わって、「そのアイディア、素晴らしい」「どのぐらい金かかる?」って聞いて、「予算付けるから、おまえに任せるから、やれ」って言われたって。で、結構いい商品ができたっていうんだよね。

ジョブズって、ゴリゴリのところはあるけど、やっぱりこっちの方がいいかもしれないって、一瞬で頭を切り替えることもできる。そういうフレキシビリティは、すごいなって思うよ。そういうのって、日本の経営者とかにあまりないよね。一度決めたことは、よほどのことがない限り変えない。

だけど、途中で想定していなかったことが起こることもあるじゃん。その時は、いくらだって変えようがあるはずなのに、何もしないいんだよ。一度決めたことを変えるのは恥っていうのが、大方の日本人のメンタリティーだから。政府も地方自治体も同じ。くだらないことでも、決まったことだからって、いつまでたっても同じことをやってる。大阪・関西万博もそうだよな。どうしようもないよ。

南 討論とかしてて、途中で意見を変える人って、いいなあ。『朝まで生テレビ!』(テレビ朝日系)っていう討論番組があったじゃないですか。僕が知っている限りで番組途中で自分の意見変えたのは野村秋介だけだった。どんなこと考えて何やった人か知らないけど、番組中で意見変えたっていうことだけで、いいな、この人って思いました。意見が変わんない人って、ただ、自分の主張をしに来てるだけだから。

池田 意見は、コミュニケーションしてるうちに変わるもんなんだよ。自分が言ってることで相手が変わって、相手の話を聞いて自分が変わる。同期してお互いに変わるのがコミュニケーションの本質なんだよ。だから、ずっと自分の意見が変わらないやつって、ただのアホ。変わんなきゃ、自分が言いたいことだけを言って、けんかしに来てるようなもんでしょ。だけど日本って、そういうことが珍しくない、特にひどいかもしれない。つまらないよな。

南　自分が間違っていると認めたくない気持ちも分かんないでもないけど、競争をしてるわけですよね、俺のほうが上だっていう。討論している人を見てて、こっちの人はこういうふうに言って、もう一方の人はこう言ってる。俺だったらどっちかなとかって考えてたら、いきなり片方が説得されて意気投合したら面白いじゃないですか、変わるっていうことがね。だけど、それは本当に少ないですよね。さっきまでものすごく突っ張ってたのに、それは言えるかもしれないって急に態度変えたら、すごく面白い。

池田　偉い先生ほど、意見を変える柔軟性があるよね。大森荘蔵っていう哲学者の先生がいらして、「大森荘蔵先生を囲む会」という研究会をやってて、僕も中島義道に誘われてこの会に参加していた。大森先生が最新の自分の論文を弟子たちに配って、それをみんなで検討するんだけど、「大森先生、ここ違うんじゃないですか」とか「これは間違ってますよ」とか、弟子たちが言いたい放題なの。大森先生が一生懸命反論する姿を見て、これって「大森先生をいじめる会」じゃないのかって思ってた(笑)。

だけど、大森先生は時々じっと考えた後、「あなたのおっしゃることのほうが正しいかもしれませんね」って言うんだよ。俺、本当に偉い先生だなと思った。弟子にやり込められて「あなたの意見のほうが正しいかもしれない」って言える先生はそんなにいないよ。だから、みんな大森さんのことを尊敬してたんだと思う。頭が柔らかくて、すごいなって思った。

南　すごいですね、そういう人なんですか。偉い先生ですね。首尾一貫って、それ自体が価値になっちゃってますよね。だから、途中で間違ってるかも、と思っても変えられない。

池田　僕が三回目からコロナワクチンを打たなくなったら、「おまえは一貫性がねえ」

とか「打ってたのに、なんで途中でやめたんだ」とか言うやつがいるんだよ。「研究が進んで、エビデンスが変わったんだから当たり前だろ」って言うんだけど。どうも、そういうのは日本人、嫌みたい。首尾一貫で、ずっとやってるやつは、ただのバカだよ。全然、考えてねえんだよって、俺は思うんだけどね。志村けんが亡くなった武漢株は毒性が強く、最初の二回のワクチン接種は効果があったと思う。でもオミクロン株になってからは、ワクチン接種はデメリットの方がメリットより大きいのは様々なデータから確かだと思ったよ。なかなか、そういうふうなことが伝わらねえ。どうも、よく分かんねえな。何なんだろうなと思いますね。

†頑張らなくてもできることをやれ

池田　学生にも「首尾一貫しなくたっていいんだよ」って、いつも言ってた。興味の対象が変わることもあるから、その時に自分が一番やりたいことをすればいいんだって。だけど、それを認めない先生が多いんだよね。自分のやり方に歯向かうような学生を排除したりしてさ。

俺は一切、そういうことはしなかった。学生に怒ったことも、一度もねえもんな。面倒くせえじゃん、怒るの。学生に「先生はなんで怒んないんですか」って聞かれたことがあって、「怒るほど、金もらってねえから」って返事しといた（笑）。

南 アハハ。

池田 怒るのって、エネルギー要るじゃない。怒るたびに一〇万円くれるんだったら、一〇秒ごとに怒ってるよ。大学にはいろんな学生がいて、それなりに面白い学生もいたね。大体、うんと秀才じゃないやつが面白い。将来、どうなるか分かんねえけどな。

一番面白かったのは、日本に大麻特区を作った時の経済効果について学生が書いた論文。大麻を解禁して大麻特区を作ったら、どのぐらい経済効果が出るかってことを、いろんなシミュレーションして、税金をどのぐらいにするとか、インバウンドがどのぐらいあるかとか。この卒論は二〇〇八年に書かれたもので、3・11（東日本大震災）の後にこの論文を思い出して、福島県を大麻特区にすれば、復興に役立つんじゃないかと思ったよ。その後、アメリカのコロラド州などで、大麻が合法化されたんだよね。この論文通りのことやってて、これを書いた学生は先見の明があったんだね。

自分が思ってもないようなこと書いてくる学生の卒論って、すごく楽しいよな。こいつすげえ、俺が考えてねえようなこと考えてるって思うじゃん。俺が教えたことだけをまとめた論文読んだって、つまらないからさ。

早稲田大学で教えてた頃は、大学には週に二回しか行かなかった。それも午後しか行かなかった。でもさぼっていた訳じゃないよ。今でいう在宅勤務だ。山梨大学でも早稲田大学でも学生とはよく遊んだ。講義しているより、学生と飲んでいるほうが面白いものね。でも、そういうのも多様性だよな。いろんな先生がいたほうがいいと思うんだけど。

大学も、どんどん硬直化してきてるよね。AO入試なんかやったって、結局、面白いことを言うやつなんていなくてさ、つまらねえんだよな。みんな、同じようなことを言うんだよ、「英語の力を生かして国連で働きたい」とか「貧乏な人の力になりたい」とか。「うそばっかつくんじゃない！」って、心の中で思ってたけど（笑）。

南　世間でも、適応する能力が一番必要だって思ってるから、大学も学生も変わんないですよね。適応力のある人が、どんどん選ばれて、どんどん適応してく。

池田　僕は、だいぶ前からずっと〝能動的適応〟って言ってんだけど、何かに自分を合わせるんじゃなくて、自分に合う何かを見つけることをそう呼んでる。自分の個性だとか自分の能力って、自分で分かってるはずだから、それに一番合った仕事を探せばいいんだよ。

今はそうじゃなくて、仕事が先に決まってて、それに自分を合わせようとするでしょう。そうすると、努力が要るじゃない。だけど、その努力って身にならないで、無駄になることがほとんど。頑張るんじゃなくて、頑張んなくてもできることをやれって、と思う。

南　それ、いいすねー。

池田　頑張ってやっとできるような仕事は、向いてねえんだよ。向いている人は頑張んなくても、とっととできるでしょう。

小学校の頃って、頑張った子をすごく褒めるよね。例えば、鉄棒の逆上がりとかできない子がいると、先生がつきっきりで練習させて、やっとできるようになると「よく頑張ったね、偉いね。やればできるんだよ」とか言って褒めるじゃない。

だけどさ、いくら頑張ってもできないことがあるんだよ、人には。それでも頑張り続けるのは、ただの時間の無駄でしょ。さっさと自分の得意なことをやれって思うよな。そのほうが苦労しないもの。さっきの首尾一貫と同じで、頑張ること自体に価値があるわけじゃないんだ。頑張ることを褒めるのは、長所をつぶすことにもなると思うんだけど。

最近は「頑張るんじゃねえ、頑張るのはNGだ」とか「生きる意味なんかねえ」とか、一見過激なことばっか言ってるから、よく怒られるよ。俺なりの理屈はあるんだけど、それを説明する前に怒られちゃうんだよな。

†「役に立つ」ことを考えるとバカを見る

池田　養老さんのとこへ行くと、ネコのマルがいたじゃない。養老さんも「昔は俺も生きる意味とか、意味を求める病にかかってたよ。だけどマルを見てると、こいつに生きる意味なんてねえなって思う。動物が生きるのに意味なんかねえよ」って。

人間も動物だから、本当は生きる意味なんかねえんだけど、楽しくないといけないから、人間の場合は。動物は、もうちょっとプリミティブな楽しみがあるじゃない。飯食って、寝て、ゴロゴロしてるっていう。だけど人間は、それだけじゃ飽きちまうんだよ。何かしなきゃいけないでしょう。

その何かしなきゃいけないっていうところに、無理に何かの役に立たなきゃいけないっていうのがくると、おかしくなるんだよな。楽しいことをやればいいのにさ。一番楽しいことは、意味があろうとなかろうといいじゃん。意味があると思うかどうかは人の勝手だから、自分が楽しければいいわけで。

南　全くその通りですね。

池田　「虫の標本なんか作って、何の意味があるの?」とか言われたってさ、意味なんかねえよ。養老さんはいつも、ちっこいゾウムシの標本を作ってるけど、「養老先生、それ、何の意味があるの?」って聞いても、「楽しいからいいじゃん。見ると面白いよ、形がいろいろあって」って言うはず。それが世の中に役に立つかっていったら、まず立たねえよ。でも、いいじゃん、役に立たなくたって。

生きることには意味があって、人の役に立たなきゃいけないっていう感性は、最終的には国家の役に立てって話になるわけでしょう。それは結局、戦争への道だから。「国家なんかつぶれたって、てめえが生きてりゃいいんだよ」って、俺はいつも言うけど、また怒られる、「日本がつぶれたら、おまえはどうやって生きていくんだ」とか言われてさ。生きられるでしょう、現行の権力がぶっ飛んだって、国そのものは別の形で存続するわけで。そういうふうに考える人は、あんまりいないみたいだけど。

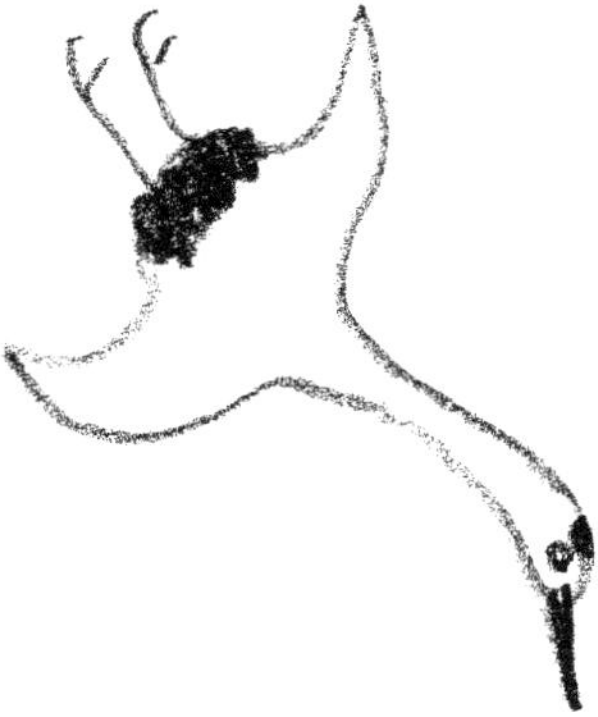

第6章
老人の未来、日本の未来

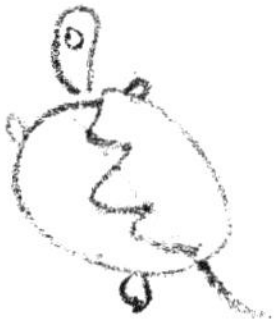

†金は使うモノ、拝むものじゃない

池田　ＡＩの進化って、すごいよね。このままいったらＡＩに職を奪われて、就職できない人や失業者が激増するだろうね。そうなると、国が無条件で国民全員に金を配る「ベーシックインカム」をやらざるを得ないと思うんだよ。

ベーシックインカムの原資のこと、いろいろ言われてるよな。日本国民全員に月二〇万円も配ることになったら、どっから金出すんだとか、そんなに税金集まんねえだろうとか。そんなことない、日本銀行が金をバンバン刷りゃいいだけのことだよ。

そんなことしたら、物価が一〇〇倍とか一〇〇〇倍になるハイパーインフレが起きるっていうけど、ならないよ。ハイパーインフレになるのは物が不足している時で、いくら金出しても欲しいやつが出てくれば、リンゴ一個一万円になったりする。だけど十分に生産力があれば、物不足にはならないから、ただ金が回っているだけで、ハイパーインフレにはなんねえんだよ。

だって、お酒なんかあり余るほど生産されてるんだから、ハイパーインフレになりようがないじゃん。生産力をどんどん担保すれば、それに見合う範囲で金をいくら刷っても大丈夫。だから、ベーシックインカムやっても大丈夫だよ。

日本は今、一二七〇兆五〇〇〇億円ぐらい借金があるけど（二〇二二年度末）、つぶれてねえもんな。国債を借金と言ってるけど、金を刷って返せるから、個人間の借金とは全く違う。こういった考え方が「ＭＭＴ」、日本では現代貨幣理論とかいわれる経済理論の根本的な思想なんだよね。なかなか、よくできてる理論だよ。

南　それ、すごい賛成ですね。おもしろいです。

池田　反対する人は、税金がすごく高くなるって思っているみたい。

南　ベーシックインカムなんて、あり得ないって思ってる。

池田　あり得ないっていうのは、金を崇拝してるからだよな。金は単なる道具なんだから、使い勝手のいい道具にすればいいだけの話でしょう。

南　ものすごく儲けてる人が、どうしてそういう考えにならないかな。いっぱい入ってくれば、金銭感覚って変わると思うんですよね。そこで発想の転換がどうしてないんだろう。せっかく大金持ちになったのに貧乏な時と同じ、いくらでも欲しいって。

必要ないじゃんって思うんだけど。

池田　一兆円もあったら、もう金なんか要らないはずだよな。

南　そう。俺に少しくれ（笑）。

池田　自分の金はここまでだって決めて、あとは自分の好きなところに、どんどん寄付すればいいんだよ。ビル・ゲイツがそうだよね。ずっと世界一の金持ちだったけど。一〇兆円ぐらい、今は円安だから一五兆円ぐらいかな、それぐらい資産を持ってるんだけど、そこから上っていかない。何兆円も寄付しているから。

　起業家のイーロン・マスクみたいに、ひたすら金を集めることに執着する人もいるけどね、資産が三〇兆円とか。今年、テスラ（電気自動車メーカー）からの最大五五八億ドル（約八・二兆円）の報酬が無効という判決を受けて、上級審でも覆らなかったらその分の資産は減るけど、それでも二〇兆円以上あるんだよ。そんなにあってどうすんだって思うけど。

南　アハハ、そうですね。

池田　だけどあんまり市場に金をばらまいちゃうと、結局、生産しているものと金の流通量のバランスが悪くなる。バランスが悪くなると、やっぱりインフレになったりする。そうすると、どっかでばらまく金を縮小しなきゃなんない。

ベーシックインカムをやめちゃうのも手だけど、税金という形でばらまき過ぎた金を吸い上げれば、市場に出回ってる金が減るじゃん。そうやってバランス取ればいい。税金って何のためにあるかっていったら、そういう調整をするためにあるわけだよ。

歳入と歳出を均衡させなければいけないという発想が間違ってるんだよ。金があるところから取って、要らないとこからも取って、それで市場に出回っている金を調整する。そういうふうにすれば、みんなハッピーでいられるでしょ。ベーシックインカムがあれば、年取ったって暮らすだけの金はくれるから、貯金する必要もなくなるよ。

南　老後の不安があるから、いろんなことがうまくいかないんですよね。

池田　二〇〇〇万円の貯金がないと、老後破産だとか騒ぎになったりしてな。真面目な人は、怖くて金使えないよ。だけど、死ぬまで暮らしていけるだけの最低限の金くれるんだったら、貯金なんかしないで全部使っちゃえばいいわけで。そうすれば経済が回るから、物をいっぱい作んなきゃなんないし、どんどん回ると思うんだよね。

南　政党で、ベーシックインカムをやるから、自分たちに票をくれって言ってるところはないんですか？

池田　日本維新の会は、公約に掲げていたけど、財源については言及していないので、いつもの通り単なるリップサービスで、実効性のあるベーシックインカムはやるつもりはないだろうね。れいわ新選組の山本太郎は、MMTと似たような発想をもっているみたいだけど、ベーシックインカムをするとは言ってない。

だけど俺は、世界はいずれ絶対にやると思っているよ。アメリカあたりだって、汎用AIが出来れば、働く人なんか必要なくなっちゃう。職に就けない人は、どうすればいいんだ？　ほったらかしにしてたら、強盗する人が増えたり、暴動が起きたりするかもしれないよ。治安とか保てなくなって、どうしようもなくなるから、やるしかないでしょ。

人口が多いと金額が膨れ上がるから、実現するまでにいろいろと大変だろうけど、人口が約六五万人のルクセンブルクとか、一〇〇〇万人ちょっとのベルギーだとか、その程度の人口なら何とかなりそうじゃん。そういう国でやって成功すれば、他の国が真似してくると思うんだよ。日本はきっと最後だね、やるにしても。

南　オレたちには間に合わない（笑）。

池田　生まれるのが早過ぎたな。俺ら、もうジジイだから関係ないんだけど、ベーシックインカムが実現すれば、世の中だいぶ変わると思うよ。問題は、発想をどうやって転換するかってことだよな。

今みたいに税金集めて、その税金でなんとかしようとしてるうちは、いくら取っても税金が足りなくなるだけだよ。だから消費税を上げるとか言ってるけど、非正規労働者が四割になって、ワーキングプアが増える一方なのに、消費税上げてどうすんだ？　なに考えてるんだろう、理解できない。

物の値段が上がるのは、需要と供給のバランスが悪くなった時っていうのが大原則なんだよ。バランスが悪くならない限り、別にどうってことない。卵が高くなったって大騒ぎしてたけど、卵の生産量が減ったから高いだけで、出回ってくりゃ、また安くなる。全部、そうだよ。生産量より、ほしがる人が多ければ高くなる、ほしがる人が少なければ下がる。物の値段って、だいたいそうやって決まっていく。だけど、消費税が上がったら、そういう原則とは関係なく一律に物の値段を上げるわけだから、貧乏人はたまったもんじゃないよな。

†変化を柔軟に

南 友達には言ってるんですよ、「池田さんの本を読め！」って。「面白いから！」って。こういう考え方もあるんだってことだけでも知ってほしい。だけど、ベーシックインカムの話なんかすると、「えーーッ、そんなの無理」ってなるね。

池田 まだ、どこの国もやっていないからね。ただ、アメリカのアラスカ州では、年間一五万〜二〇万円だけど、州民全員に金を配ってるよ。イタリアでは導入されたっていわれたりもするけど、所得制限とかがある。フィンランドやオランダ、ドイツ、カナダとかで、小規模な実験をやってたりもするね。スイスでは二〇一六年に国民投票があって、八割近くが反対だったけど、いろんな国が真剣に考えてはいるんだよ。日本は本当に駄目だよな。

このままじゃいずれ行き詰まるのはわかっているんだから、日本もやってみればいいんだよ。やってみなきゃ、分かんねえんだからさ。うまくいけば、それでいいんだから。うまくいかなかったら、その時に考えればいいことでしょ。日本は、変化を嫌って現状維持が一番だと思う保守的な人が多いよね。男は特に保守的だよ。

南　一番根底にあるものを、外されちゃうような気がするんじゃないのかな。大金持ちになるって目標がなくなっちゃう。

池田　大金持ちになんなくたって、別にいいじゃん。食うには困らないんだから。

南　その「いいじゃん」っていうのが……。

池田　ないよな。

南　でも、若い人の意識は、昔とは変わってきてますよね。八割以上が「仕事よりプライベートを優先する」っていうふうになってきている。世代に関係なく、みんながそう思うようになれば、ベーシックインカムっていいじゃんっていう雰囲気が醸成されて、多少は可能性があるんじゃないすか？

池田　一番可能性があるのは、失業者がどんどん増えていって、どうしようもなくなっちゃった時だろうね。何とかしなきゃいけないってことになって、ベーシックインカムに反対していた人も、考えを変えざるを得なくなるだろうから。

ベーシックインカムのいいところは、日本であれば、日本人なら無条件に有無を言わさず金をあげちゃうこと。それの何がいいかというと、新たにシステムをつくる必要がないってことなんだよね。年収に限度を設けたりすると、そのためのシステムを作らなきゃいけなくなる。そうすると、金がかかる。今の日本を見てると、システム作りに莫大な金をつぎ込んで、もったいないことしてるよな。

†金は腐る前にばらまけ

南 マスクを配るだけで、ものすごいお金かかってましたよね。あれは本当に、アホな話だと思う。

池田 バカでしょう。マスクのために何百億円もかけて、公平にするとかさ。

南 「公平に」って言うんだよな、みんなが、また。

池田 金持ち優遇とかも、必ず言うでしょう。そんなもん、関係ない。一刻も早くベーシックインカムを導入して、審査なしで国民全員に、現金をバンバン配っちゃえばいい。生活の心配がなければ、挑戦することもできるでしょう。起業してみようと思う人や、高齢化と人手不足が深刻化している農業や漁業をやってみたい、と思う若い人が出てくるかもしれない。働かなくてもいいのは楽だと思うかもしれないけど、何もすることがないって結構つらいよ。とにかく、実際にどうなるかは、やってみなきゃ分かんないでしょう。

南　政府が国民に現金を配ると、ばらまきって批判されるけど、ばらまかれるの嫌な人っているのかな。

池田　ばらまいてほしいよね。

南　子どもの頃、軽飛行機が飛んで来て、ビラまいてたんですよ。赤瀬川原平さんと藤森照信さんと三人で話してた時、そのことを言ったら、ビラじゃなくて札をまくのいいなって話になった。

池田　その気持ち、分かる。俺がビル・ゲイツみたいに金があったら、使い道に困るから「今日は、どこそこの公園で、一〇〇〇万円ばらまきますから、集まってください」って広報して、ばらまくっていつも言ってる。実際にやったら争奪戦が起きて、殺人事件とかになっちゃったら捕まるから、やらないけどさ。
そんなことをしたくなるほど金があるやつもいるわけだから、それだったらあげればいいでしょう、金を必要としている人に。安倍晋三元首相がやったことで一番良かったのは一律一〇万円の給付だね。何の条件もなしに、くれちゃったんだから。ああいうことをやりゃいいわけだよ。
当時、財務大臣だった麻生太郎は、金持ちは一〇万円を貯金して、ちっとも経済を回す方にいかなかったって怒っていたけどね。だったら、腐る金にすりゃいいんだよ。

南　使わないと、腐っちゃう。

池田　昔ドイツの経済学者シルビオ・ゲゼルが考えたんだけど、食品の賞味期限みたいに、金も有効期限を三年とか決めて、それを過ぎたら腐って使えませんよってことにすれば、使わざるを得ないじゃん。だけど、商売とかしている人は困るよな。明日腐る金で、支払われることもあるから。その救済策として、業者は登録すれば、日銀で腐った金を腐ってない金に交換できるようにすればいい。
そうなると、一般消費者は貯金ができなくなるよね、置いといたら腐っちゃうから使うしかない。日銀で交換してもらえる業者だけが儲かることになるから、そこからはガッポリ税金を取る、一般消費者と差がつかないように。大事なことは、常に金が回っていることなんだよ。それで、経済は回るんだから。

今みたいに、うんと金持ちと、うんと貧乏人がいたら、貧乏人は金を使おうにも金がない。金持ちは金を使いきれなくて貯まる一方で、株や金《きん》に投資して、そういうものが上がるだけでしょ。そんなものが上がったって、実体経済とは関係ねえんだから、どうしようもないわけだよ。ナイーブに考えりゃ、そうなるよな。そういうところを、どうにかすべきじゃないのかな。

俺は経済学者じゃないから、専門家は専門家で難しいことを考えているんだろうけど、システムを構築するのに金をかけるのは本末転倒だと思うよ。金をかけずに、国民が安心して暮らせるようにすることが一番でしょ。

大学でも金かけないようにしてたよ、俺は。ゼミで出席なんか取んなかったもんね。出席を取るんだって、出欠票作ったりしてコストが要るからさ。別に来たくないやつは来なきゃいい。単位は乱発するんだからさ、どっちでもいいんだよ。

南　景気がいいな。

池田　その代わり、卒論をちゃんと書かないと卒業させてやんなかった。ゼミをどんなにサボってても、どんなに一生懸命やってても、卒論の出来が全て。そうなると、みんな真面目に卒論を書くんだよ。それでいいわけですよ。四年生なんて、そのために来てんだから。

途中でチェックとかもしなかった。ああでもない、こうでもないとか、いろんなことを言う必要なんかねえよ。卒論を読んで、駄目だったら駄目出しして、「もう一度、書き直してこい」って言って、良ければ「これで合格」って言ってやればいい。

六年かかって卒業した学生もいたね。卒論、書けなかったから。「四年で卒業できなかったのは、おまえの責任だからな」って言ったけど。本人もよく分かってるから、「すみません」とか言ってた。

†ルールがないほうが儲かった

池田　決まり事やルールは、シンプルにしたほうがいい、世の中全部ね。そうすれば、どんな人にも一目瞭然で分かりやすい。制限とか例外とかを設けて複雑にするから、人によって解釈が違ったりして、つまんないトラブルが起きるわけでしょ。特に日本は、余計なことが多過ぎるよ。

俺が出たテレビ番組で、モラハラの原因とかいうのをやったことがあるの。結婚してすぐに、亭主がいろんなルールを決めたらしいんだよ。料理は全て手作りで、夕飯のおかずは何品とか、いかにも前時代的なルールをね。それで、そのルールを守れないと、奥さんをいじめるんだって。俺、言ったの、「ルール決めるようなやつとは、結婚しないほうがいいんだよ」って。

南 そりゃそうだ。

池田 ロビン・ダンバーっていうイギリスの生物学・人類学者が、少人数の集団では、ルールを決めないほうがうまくいくって話をしているけど、経験的にもそうだよね。人数が少ないと、ルールが絶対になって、ルールを守んないことが、ものすごく悪いことみたいになっちゃう。ルールを破って特に問題なくても、破ったこと自体が悪いって責められるんだよね。ルールって、物事を円滑に進めるための方便に過ぎないわけでしょう、金と同じで。そんなのが一番大事なわけねえんだから、ルールなんか決めなくたって、うまくいくんだよ。

　自分の家庭のルールを決めてるバカな親がいるよね。子どもに、九時までには絶対帰ってこい、それを過ぎる時は電話しろとか言ったりして。そんなこと決めておく必要ないでしょ。連絡もなしに、いつまでたっても帰って来なかったら、何かあったんじゃないかって心配になるのが親だから、子どもの帰りが遅かった時は、心配だから電話だけでもしろよとか、その都度注意すればいいだけの話でしょ。そのほうが、本人だって納得するでしょ。そうやって適当にやればいいわけで。

　ルールを決めると、ルールに縛られて、ちょっとでもルール違反すると、たいしたことじゃなくても怒らざるを得なくなるよね。ルールを破って何も言わなかったら、ルールがないのと同じになっちゃうから。ルールを決めてる家庭の子って、グレる確率が高いと思うんだよな。子どもにしてみれば、納得できないルールに従うのは、フラストレーションが溜まるばっかりだから。

　日本は、会社とかもそうだよな。社是とか掲げて、社員にそれを守らせる。世の中は常に変化してて、常識だって変わってくるのに、何十年も前につくられた社是を後生大事にしてるなんてバカでしょ。そういう会社は、生き残れないと思うよ。

「パプアニューギニア海産」という天然エビの加工会社があるんだけど、この会社には二〇人ぐらいパートがいて、パートには出勤のルールが一切ないんだよ。社長の英断で、全部なくしたの。好きな時間に出社して、何時に帰るかも自由、休むのも自由で会社に連絡しなくていい。仕事も自由なの。エビの加工にはいろんな工程があるんだけど、自分がやりたい工程の作業をすればいい、嫌いな作業はするなってことになってる。

そんなんじゃ仕事になんないだろうって思うのが普通だけど、こういうやり方に変えてから、業績がすごく上がったんだよ。自分の好きな工程って得意なわけだから、作業効率が良くなって品質も向上した。逆に苦手なところは効率が悪いからやらない方がいいんだよね。それで、多少値上げしても売れるようになって、パートの賃金を上げることができた。

コスト削減にもなったんだよね。パートが辞めなくなって、パート募集の広告を出す必要がなくなった。パートが足りなくなったら、自社のホームページで募集しているんだけど、すぐに集まる。自分の好きなように働けるのが評判になって、応募する人が増えたから。パートのスケジュール管理や電話連絡もなくなって、事務的な作業も減った。

自分の好きな工程をやればいいことにしたら、簡単で楽な工程に集中しそうだけど、二〇人ぐらいいると、けっこううまいことバラけるんだって。人の脳って全部違うから、得意な作業も違うんだね。どうしても人手が足りない工程があれば、社員や社長自らがやることでフォローしてるけど、あんまりそういうことはないみたい。

パートは近所の奥さんがほとんどなんだ。まだ子どもが小さかったりすると、急に熱を出したり、子どもからインフルエンザをうつされたりもするよね。親の介護をしている人もいるかもしれない。それで、急に休むこともある。

出社する日時が決まっていたら、急な休みが度重なると居づらくなって、辞めちゃう人もいるけど、「好きな時に出社ＯＫ！」「好きな時に欠勤ＯＫ！」なら、辞める必要がない。そもそも、金を稼ぎたいからパートをしているわけで、働きたいんだよ。

だから、パートがひとりも来ない日は、ほとんどないんだって。

次にやったのは、会社の都合でパートを首にしないって、社長が宣言したこと。パートって、正社員ほど守られてないから、そう言ってもらえると安心して働けるよね。好きな時に来ればいいって言われても、あんまり休んでばっかりいると、大丈夫かなって心配になったりもするじゃない。そういう不安とかも抱かなくていいわけだから、そこで働いているパートの人たちって、本当にハッピーだよね。

ただ、ひとつだけルールがある。パート同士が、お互いに意見をしてはいけないってこと。新人って、何をするにも手が遅いじゃない。慣れてないからしょうがないんだけど、ベテランはつい言いたくなるよな。古参にガミガミ言われたら、新人はやる気なくして辞めちゃったりするけど、そういうこともなくなったんだって。

この会社の話聞いて、小規模な会社はルールなんか決めないで、適当にやったほうがうまくいくんだなって思った。家庭なんて、もっと人数少ないのに、ルール決めてどうすんだよ。家庭を崩壊させたがっているとしか思えないよな。

南　その社長は何がきっかけで、そういうふうにしようと思ったんですか。

池田　すぐ辞めちゃうパートが多くて、人集めに苦労してて、どうにかしなきゃいけないって思ったみたいだね。それで辞めるっていうパートに理由を聞いたら、「毎日はしんどい、週三日間ぐらいなら働きたいんだけど」って言われて、働く日数を決めなきゃ、パートが来てくれるかもしれないって考えた。

それから、社長は作業で使う道具を洗うのが嫌いなんだけど、パートに応募してきた人から「道具を洗うのが好き、きれいになるのが気持ちいい」って言われて、びっくりしたんだって。自分が嫌いな作業は、みんな嫌いだって思っていたから。で、パートに各工程の好き嫌いのアンケートをしたら、結果はみんな違ってた。それなら勤務時間も工程も全部、パート自身が決めて、好きなように働いてもらうことにした。そうしたら、うまく回り出したんだよね。

ソフトウェア会社の「サイボウズ」も、勤務形態が自由なんだよ。きっかけはパプアニューギニア海産と同じで、離職率が高かったこと。社長が一番信頼している部下に相談したら、「いっそのこと、勤務時間とか自由にしちゃったらいいんじゃないですか」って言われて、そうすることにしたんだって。

週二日しか働かないとか、出社は週一回であとはリモートワークとか、いろんな社員がいるんだよ。なかにはフランスに住んでる社員もいて、その人は当然、全部リモートなんだって。給料は年俸制にしてるから、働き次第で決めてる。

そうしたらこの会社も、離職率が下がって業績が上がった。サイボウズには、もうひとつすごいところがあって、辞めた人は六年以内なら、いつでも再雇用すること。再雇用してもらえるなら、安心して辞められるよね。次の仕事が見つからなかったら、戻ってくればいいんだから。実際、戻ってくる人が、けっこういるそうだよ。仕事が見つからないわけじゃなくて、他の会社で働いてみたら、サイボウズがいかに働きやすい会社かって分かったらしく、やっぱりこっちがいいって。

仕事によっては、例えば接客業とか、働く人の自由にするのが難しい場合もあるよね。だけど、その人の適性を見極めて、その人に合った仕事をしてもらうことは可能だと思う。病院の話なんだけど、そこの会計担当者は精算するまで時間がかかって、患者からの苦情が絶えなかった。しゃべり方がゆっくりで、人の話をじっくり聞く人だったんで、上司は相談係のほうが向いているかもしれないと思って、そっちに換えた。そうしたら、大評判になった。患者の悩みや困りごとをちゃんと聞いてくれて、話し方もやさしいって。

さっき言った〝能動的適応〟が大事なんだよ。事務処理が早い人もいれば、コミュニケーションが得意な人もいるんだから、自分の能力や性格に合った仕事、家庭の事情に合った勤務形態を選べるようにする。そうすれば、働く人は働きやすいし、経営者は業績が上がって、人集めに苦労せず、有能な人も来てくれる。みんなが得をするウィンウィンゲームの会社になるでしょ。そういう会社でないと、これからは生き残れないと思うよ。

「嫌な仕事でもやらないと、出世できないから頑張れ」とか言っているような会社は終わるよ。今の若い子は、出世なんかしなくていいと思っているやつが多いから、「しません」って平気で言うよ。それか、黙って辞めちゃうだろうね、そんな会社。

南　仕事も学校の勉強と同じで、自分が得意なことをすればいいんですよね。

池田　全てのことをできる必要なんてないよ。数学がうんとできるやつは、数学だけやりゃいい。微積分なんか、ちっとも分かんない生徒に、無理やり教えても時間の無駄。数学の才能は八七パーセントが遺伝するって説があるって、澤口（俊之）くんが言ってたしね。「親が微積分できないと、その子どももできないの？」って聞いたら、大抵そうだろうって。

南 オートバイの澤口さん。

池田 そう、あの澤口くんね。微積分なんてできなくても生きていけるよ。今はスマホに電卓が入ってるんだから、計算が苦手ならそれでやればいいわけで。だから、自分の得意なことだけをやればいいんだよ。

†ハッピーに生きるには

池田 俺は、あまり不幸になったことがないから、ハッピーになりたいとか思ったことがないね。自分が面白いと思ったことをやってるし、やっているうちに面白いと思うこともあるしな。南さんもあんまり不幸な感じがしないけど。

南 二十代の頃は編集の仕事をしてて、三〇歳ぐらいで独立して、あんまり進歩もしていないし変わってもいないけど、不幸ではなかったですね。僕も自分が面白いと思ったことができてたから。それって、幸せなことですよね。

池田　南さんは二十代の頃、月刊漫画誌『ガロ』（青林堂）の編集長をしてたんだよね。僕が初めて読んだマンガは『赤胴鈴之助』だった。小学生のときに、アデノイドっていう喉の奥にある組織を取ったんだよ。いつも扁桃腺を腫らしていたんで、医者に言われて取ったんだと思う。入院したのはそのときだけなんだけど、かわいそうだと思ったのか、おやじがその頃流行っていた『赤胴鈴之助』を買ってきてくれた。

南　『赤胴鈴之助』！　真空斬り、竜巻雷之進！　卑怯者太夫！

池田　懐かしいよな。結婚した頃には白土三平の『忍者武芸帳』に凝ってて、かみさんと回し読みしてたよ。

南　結構、若い時ですね。

池田　そう、結婚したばっかりだったから、二十代半ばぐらい。白土三平はもう有名だったね。マンガは結構好きだったけれども、根性ものとかはあんまり好きじゃなかった。ちょっと変なマンガが好きだったね。

南　『忍者武芸帳』は、僕らより五つぐらい上の世代が学生の頃、ものすごく読むようになって、大学生がマンガを読むってニュースになってましたね。当時はマンガって子どもが読むもので、大学生になったら読まないのが世間の常識だったから。それで、白土さんがメインの雑誌を作ることになって、一九六四年に『ガロ』ができたんですよ。三平さんと水木しげるさんが二本柱みたいな感じになって。

工芸高校に通っていた頃、クラスの友達が『ガロ』を持って来たんです、大学生のお兄さんが買っていたやつを。それを読んでたら、この絵、どっかで前に見たことあるなって思ったら、水木さんだった。中二ぐらいの時、水木さんのマンガを貸本屋で借りて読んでたんですよ、『河童の三平』っていうのを。すごく面白くて、続きを読もうとしたんだけど、返さないやつがいて「ない」って言われて、そこでブツッと切れた。マンガはくっきり覚えていたのに、作者の水木さんの名前は頭に入ってなかった。三、四年ぶりの再会で初めて水木さんを認識したんです。だからマンガを読んだのは、三平さんよりも水木さんが先でした。

『ガロ』が創刊されてちょっとたつと、水木さんがものすごい売れっ子になっちゃったんです、少年漫画誌で『ゲゲゲの鬼太郎』を描くようになって。僕は、貸本用に描いていた時代の水木さんのマンガを面白いと思ってたから、ずっと貸本時代のほうが好きでした。

池田 メジャーになっちゃうと、面白くないわけじゃないけれど、やっぱり読者のことを意識するから、ちょっとはサービス精神が出てきて、何となく媚びてるような感じがしてくるよな、どうしても。コアな元々のファンにしてみりゃ、物足んないっていうか、昔のほうがピュアでよかったっていうふうになる。

水木さんって、独特の線を描くじゃない。ちょっと変わってるよなって、俺なんか思ってたけど。白土三平の絵はわりと普通だけど。そういうのって、個性みたいなのがあるのかな。線一つとっても、漫画家によって太い線とか、ふにゃふにゃした線とかあるじゃない。そういうのって意識して描いてんのかな、それとも無意識なの？

南 無意識的なもんじゃないですかね。あの人が描くから、そういう線になるっていうのはあると思います。でも売れっ子になると、アシスタントが描く部分がどんどん増えてくるんですよ。先生の真似をして、描いてはいるんですけど。

池田 売れっ子の漫画家は連載をいっぱい抱えて、忙しいからね。

南　水木さんは、貸本時代は自分一人で背景から何から何まで全部描いていたから、その頃のマンガはすごく水木さんらしいですよね。

池田　『ガロ』では、つげ義春と弟さんのつげ忠男が描いていたよね。兄さんほど話題にはならなかったけど、僕は弟のマンガのほうが好きだった。ストーリー性があって面白かった。

南　忠男さんのマンガも一定のファンがいますね。義春さんは、いいのは弟のマンガだけだ、っていつも褒めてた。

池田　そう、弟のマンガはいいよって。

南　弟のマンガが一番いいって言ってましたね。

池田　『河童の居る川』かな。河童を探してる人が最後に見つけて、「河童だ」って言う、そのシーンを今でも鮮明に覚えてる。多分、幻影を見たんだろうけれども、一生懸命探し求めて、最後にたどり着いた人のエクスタシーみたいなのがぽんと出てるようで、すごいなと思った。

南　僕が初めてつげさんのマンガを読んだのは、藝大落ちて浪人にしている頃で、本屋で立ち読みしたんですよ。『李さん一家』っていうやつだった。ものすごく面白いと思ったんだけど、買わなかった。貧乏だったんだな、あんなに面白いと思ったのに買わなかったのは。それで家に帰る前に、近所の図書館へ行ったんです。『ガロ』が創刊号から置いてあるのを知ってたから、リノリウムの床に全部積み上げて、あぐらをかいて目次調べて、つげさんの描いたやつをはしから一気に読んだ。『李さん一家』を読んでいたから、どれを読んでも壁がなくて、すっと入っていける。もう全部が全部面白いんです。その時間っていうのはすごくうれしかったし、今でも覚えてます。ああいう読み方をしたことって、あまりないですね。

†模写か創作か

池田　漫画家のアシスタントがいくら上手く先生の真似して描いても、やっぱり先生とは違うよね。オリジナルの絵を描く人は、いってみれば自分で勝手に描くから線が早いよな。だけど真似して描くと、ここで曲がってるとか、ここで真っすぐとかいうことを考えないといけないから、どうしてもタッチが遅くなる。遅くなると勢いが出ないから、見て分かるよな、何となく。

南 話を聞いているときも、そういう感じありますね。自分が思っていることを話している人と、それらしく話している人では伝わり方が違う。模写の場合は、模写している人にオリジナルに対して尊敬の気持ちがあるもんだから、どうしても萎縮するってのもありますよね。

だけど、それが逆転する人がたまにいるんですよ。梅原龍三郎がルノワールの模写をしてるんですけど、全然似てないんです。梅原龍三郎のほうが堂々としてていいんだよね。梅原龍三郎がルノワールを模写した絵は、いい。

池田 自分が好きだから模写するんだろうけど、全くその通りには描けないからな。当然、少しは個性が出てくるじゃない。

南 そうですね。

池田 模写の対象となる絵を描いた画家と、それを模写する人の力量があまりにも違ったりすると、嫌になっちゃうってことがあるのかな？ 僕の友達で、国宝とかの修復をしてた人がいるんだよ。結構な技量だったんだけど、やめちゃったんだよね。続けていれば悠々と暮らしていけんのに、「なんでやめたの？」って聞いたら、「国宝になるようなものを修復していると、この人たちにはとてもかなわないという思いが頭をかすめて、したくなくなっちゃった」って。ちょっとプライドが高すぎる気もしたけど。「修復の仕事をやりながら、オリジナルの仕事をやればいいじゃない」って言ったんだけど、なかなか難しいのかな。

南　上手いか下手かっていうのは関係なくて、本人の気持ちで創作してるものっていいんですよ、下手でも。だから、下手な人の絵を模写しても、気持ちで創作されたものは、名作を模写してるのと同じで、負けるっていう気持ちはやっぱりありますね。

池田　南さんの『私のイラストレーション史』に、イラストレーターの和田誠さんが、誰かの模写を延々としたっていう話が書かれていて、すごいなって思った。

南　和田さんが高校生の時なんですけど、友達から借りたソール・スタインバーグの画集を一冊、そのまんま模写したんですよね。なかなか、できないですよね。

（スタインバーグはルーマニア生まれのアメリカ人で、当時の最先端をいくスター・イラストレーター、漫画家でもあるし画家でもあった）

池田　南方熊楠《みなかたくまぐす》も模写を一生懸命してたそうだけど、よく途中で飽きないなって思う。完璧に何かしようというパトスって、どっから生まれるんだろうな。

南　やっぱり、面白かったんでしょうね。

池田　模写しながら微妙な差異みたいのが次々と現れるのが、面白かったのかもしれないね。

南　ですね。

吉本隆明と誌上バトル

池田　僕は若い時に詩が大好きで、詩人になりたいとも思ってたんだけど、石原吉郎《いしはらよしろう》の詩を読んで、彼の才能のすごさに感銘を受けて断念したよ。この人にはかなわないと思ったから。趣味で詩を書いてもよかったんだけど、あんまりしなくなったね。埴《はに》谷雄高《やゆたか》のエッセイも衝撃的だったな。天才的なエッセイをいくつも書いてて、エッセイをまとめた本も出てるね。

南　埴谷さんのエッセイ集は、何とかと何とかってタイトルが多かったですよね。

池田　『鞭と独楽』とか、そういうのね。難しい漢字を使ってたよね。

南　『暈と極冠』ね『橄欖と塋窟』ね『彌撒と鷹』ね。神保町の端っこのほうの本屋に、いつも埴谷さんの本がずらっと棚に置いてある店があって、高校の頃からそこ行っちゃ何て読むのか分からないなって（笑）。埴谷さんは美学校で講義されたんですよ。すごく面白かったですね。埴谷さんが古道具屋でフィルム付きの映写機を、ものすごく安く買ってきて、昼間っから部屋まっ暗にして、フィルム逆回転して遊んでた話なんですけど。それ、ぽつぽつと話してくれて、それがものすごく上手で。

プールに男が飛び込む場面を逆回しにするところを逐一ことこまかに実況中継みたいに言う。それがめちゃくちゃ映像的だったから、実際に見ているような気がして、みんなシーンとして聞き入っていました。あの講義は妙に面白かったですね。

池田　埴谷雄高の『死霊』っていう小説は、ろくでもねえと思ってるけど、エッセイは名手だったね。エッセイがものすごく上手い人っているんだよね、多田富雄（免疫学者）さんもそうだった。エッセイってリズムとか、そういう微妙なリフレインみたいのがあって、そういうのに自分の頭が同調する人のエッセイは好きになるし、合わない人のエッセイは駄目なんだろうな。埴谷雄高のリズムみたいなものが僕の頭に染み込んじゃって、ああいうエッセイを俺もいつか書きたいなって思った。

南　埴谷雄高といえば、題の漢字が難しいっていうことしか思い浮かばない。授業があまりにも面白かったんで、図書館に行って埴谷さんの小説を借りて読んだんですけど、全く読み進められなかった、難し過ぎて。結局、それから読んでない。

池田　埴谷雄高の小説は、ちょっと読めないよね。何書いてるのか、俺もさっぱり分からない。だけど、ダジャレの名手でもあったよな。

南　すごく冗談好きだったみたいですね。現役東大生が埴谷さんを知っている人をインタビューして回る『奇抜の人　埴谷雄高のことを27人はこう語った』（木村俊介著、平凡社、一九九九年）って本の装丁をしたんですが、写真家でエッセイストの武田花さんがその本で、お母さんの武田百合子さん（随筆家）と女の人たちがおしゃべりしてた話がおかしい。

百合子さんたちがロシアのバレエ団か何かの公演を何人かで見に行って、男性ダンサーの股間がめちゃくちゃもっこりしてた話で盛り上がっていたら、埴谷さんが近づいてきて「あれは前にウサギが一匹入ってるんです」って言ってスッと去った（笑）。感じ出過ぎで可笑しい（笑）。

池田　ときどきウサギが動いて、ぼこぼこってするんですよ、なんて言って（笑）。本当に埴谷さんは面白い人だったよ。野間宏（小説家）のことを「のろまひどし」って言ってた。野間宏って、本当に動きもしゃべりものろくてね。花田清輝（評論家）は「はなはだきおってる」って。じゃあ、自分のことはといえば「なにをゆうたか」ってね（笑）。そういう冗談はしょっちゅう言ってた。

吉祥寺（武蔵野市）に住んでて、家まで行ったことがあるよ。友達が、家を訪ねると何かしゃべってくれるよって言うから。たまたま留守でいなかったけど。今じゃ考えられないよね、突然訪ねてきた変なやつに応対してくれるなんて。昔は電話かけたら対話してくれたりとか、そういう人も結構いたよね。

南　電話番号が公表されていたから、いきなりかけてみるとかありましたよね。

池田　吉本隆明の本も随分読んで、影響されたな。文体が独特で、結構楽しかった。吉本隆明も、最初は詩人だったんだよね。だけど、彼には喧嘩売られたんだよな。

『試行』っていう個人雑誌を出してたじゃない、人の悪口ばっか書いてる。それに、池田清彦って若いやつは生意気なこと言ってけしからん、みたいなこと書かれた。

南　エーーッ？　本当？（笑）

池田　「原子は不変の実体だと思われていたが、ただの現象で、どんどん変わる」って書いたら、嚙みつかれたの。「原子は変わりゆく実体だって思えばいいんだろう」って吉本隆明に言われてさ。「変わりゆくのは実体じゃねえよ」って俺は言ったんだけど。変わりゆくのは現象であって、実体ではないよ。

南　そうだね。

池田　ぶちぶち文句をつけたら、それについてはもう何も言ってこなかった。誌上ではそんなこともあったけど、吉本隆明も面白い人だった。一番面白かったのは、「戦後、最も強く衝撃を受けた事件は？」の問いに対する「自分の結婚の経緯」という答え。「これほどの難事件に当面した事なし」って。人妻と恋愛関係になって、その人と結婚したんだけど、そういうことがあって、思想がすごく深まったので、それが一番重大な事件だっていうんだよ。冗談だったのかもしれないけど、すごい自信家っていうか。ちょっとびっくりした覚えがあるよ。
昔はそんな面白い人いっぱいいたけど、なかなか最近はいないよね。あんまり偉そうなこと言うと、ぶったたかれてバッシングされるから、自分で自分のことを偉いと思ってても、偉いって言わない人が多いよね。

南　吉本隆明に怒られたってのは、いくつくらいの時ですか。

池田　僕が『構造主義科学論の冒険』（毎日新聞出版）を書いて、その後ぐらいだから、一九九一年とか九二年ぐらいじゃないかな。えらい昔の話だよね。僕は一九八八年に最初の本を出して、八九年、九〇年、九二年に各一冊出したんだよね。最初の四冊ぐらいはものすごく硬い理論書。その一つの『構造主義科学論の冒険』で書いた話を、吉本隆明に怒られたんだよ。

南　でも、怒られたってことは、ちゃんと読んでくれてたってことですよね。

池田　そういうことだね。『構造主義科学論の冒険』は西條（剛央《たけお》）くんがすごく気に入ってくれて、勝手に俺のとこに押しかけてきて弟子になった。「行くとこないから、しばらく先生の研究室にいてもいいですか」って言われて。俺、大学にはめったに行かないからOKしたら、いつの間にか三分の二ぐらい乗っ取られて、西條の研究室みたいになっちゃって、俺は隅っこで仕事してたよ（笑）。西條くんは僕の構造主義科学論を基にして、構造構成主義っていう理論を立てた。

彼は行動力があるんだよね。東日本大震災の時は「ふんばろう東日本支援プロジェクト」っていう日本最大級のボランティア組織を立ち上げて、一億円ぐらい動かしてんじゃないかな。今は能登半島地震の被災者を助けるべく何か考えてると思う。そういう才覚もある。僕は実務的な才能が全くないね。南さんもあんまりなさそうだけど。

南　全然ないですね。

池田　組織を立ち上げたり、整理整頓するのが本当に駄目。パソコンもちょっと具合悪くなると、かみさんとか子どもに聞いて直してもらわなきゃなんないんで、どうしようもない。誰かいねえと駄目、本当にいろんなことができねえから。

でも、自己弁護するわけじゃないけど、いろんなことできて器用なやつよりも、何か一つしかできないやつのほうが、抜けてて面白いのが多いよな。なんでだろう、頭がそうなってんのかな。いろいろ分散してるんじゃないか、いろんなことが器用にできる人って。

南　抜けてるっていいですね。

池田　南さんはイラストを描く時、描き直しとかしないの？

南　途中でつまんなくなって、全然違うアイディアで描き直したりはあります。

池田　大体これでいいって思ったら、あんまり細かいことはごちゃごちゃいじらないで、そのまんま？

南　そうですね、適当です。

池田　僕もエッセイはほとんど書き直ししないけれども、このテーマはつまんなかったなと思ったら全部ボツにしちゃう。半分ぐらい書いたやつはもう大体仕上げちゃう。それまでの労力がもったいないから、何とかごまかして全部書いちゃおうって（笑）。

南　池田さんは、定期的にメルマガを書いてるからなのか、とにかく次から次に、よくこんなに本が出るなって。それが全部、面白いっていうのがすごい。途中でやめられなくて、寝不足になるんですよ（笑）。

池田　すみませんね。

南　迷惑してますよ（笑）。

†日本がすごいのは凋落の速度だけ

南　池田さんは、しゃべりの回転がものすごく速くて、それに合わせなきゃいけないと思うと、全然言葉が出てこない。

池田　俺、しゃべるのが速過ぎてな。もうちょっとゆっくりしゃべらないと駄目って、かみさんによく言われてんだけど、一時間半の講演でもこんな調子。だから、情報量は多いと思うんだけどな。

南　多いだけじゃなくて、面白い。最近の若い人は、映画とか三倍速で見てるとか言うけど、池田さんは最初から三倍速ですね。しゃべるスピードって、うつりますよね。僕は、いつもだったら、もっと、あっちいったり、こっちいったりしながら、のったりとしかしゃべれないけど、けっこう早くなってます、これでも。

前にラジオ番組に出た時、パーソナリティがものすごく早口だったんですよ。その時は自分の知ってることをしゃべればよかったから、だけど、いつもより早くしゃべるようにしてたら、早くなり過ぎちゃって。これ、聞いてる人、何言ってるかわかんないじゃんって。

池田　養老さんも、結構、早いんだよ。

南　アハハ、早いし、聞こえてなくても気にしない。

池田　人の話を聞いて回答してないしね。養老さんは難しいよ、前提抜きでしゃべるから。養老さんのことを大体、分かってないと話が通じないよね。だから、俺と養老さんの話を知らない人が聞いてたら、ちんぷんかんぷんだと思う。特に虫の話なんかは、絶対、分かんないと思う。

南　でも養老さんの講演みたいなのユーチューブとかで見ると、ほんとおもしろいね。

池田　文章は難しいよな、分かりやすい文章はいんちきな文章だったりすることもあるからな。

南　自分がそう思いたいことを書いてくれてる文章を好きだったりしますね。池田さん、よく書いてるじゃないですか。ネットとかで「日本、すげえ！」とかいうの読んでるのは、自分をすげえって思いたいやつだって。

池田　日本がすげえのは、国力が凋落するスピードだけだよ。もう、駄目だね。そろそろタイに抜かれそうだって話が出てたし、台湾とか韓国には完全に抜かれてるだろうな。今だって一人あたりのGDPとか給料とかは、もう追い付かれてるかもしれないね。日本だけだよ、この一〇年間で給料がちっとも上がんねえのは。

南　原稿料も上がんないですね、逆に下がってますよ。

池田　本も売れねえしな。

南　えー？　池田さんは、売れてんじゃないですか、次々に出るし。

池田　出し過ぎだから、あんまり売れねえ。

南　池田さんの本は、何度でも読めるんだよね。読むたんびに元気になる。読むたんびに感心する。

†それでも本を書く意味

池田　ヒポクラテスが、“ars longa, vita brevis”って書いているんだよね。ヒポクラテスは古代ギリシャの医者だから、アートっていうのは芸術じゃなくて技芸っていう意味なんだけど、技芸っていうのは誰かが発明して、これいけると思ったら、それを誰かが修正して、また誰かが修正して、分派したり新しい技芸が出てきたりして長く続いていくけど、それを作った人の人生はちょっとしかないって、そういう話だよ。だから、僕は「学問は長く、人生は短い」って書くんだけどね。作家の直木三十五は「芸術は短く、貧乏は長し」って書いてたけど（笑）。

南　あはは、ビンボーは長し。

池田　今はあまり書かないけど、若い頃は理論書を書いていた。理論書の価値は、自分の本を読んで、そこからエッセンスをつかみ出して、それを基にして自分なりの理屈を作っていくやつを何人生みだすことができるかどうかで決まると思ってる。そんなふうにして学問は伝わっていくから、別に売れなくてもいいんだ。実際、数千部ぐらいしか売れなかったけど、それでも誰かが真剣に読んでくれればいいんだ。

　美術の仕事をしている人とかも、一番の根本には、自分がやったことを誰かが本当に面白がって継承してくれる人がいれば、自分の儚《はかな》い人生はつながっていくから、死んでも悔いはねえなって気はあるんじゃないかな。

南　それはあると思います。僕が『ガロ』をやっていた頃は、原稿料が一切出ない雑誌だったんですよ。それでもマンガを描いて送ってくる人がいて、新しいものが出てきたりする。そういう人たちって、白土さんとかつげさんのマンガを読んでるんです。今、池田さんがおっしゃったように、白土さんやつげさんからエッセンスをもらったと思う人が、新たに自分も発表したくなって、それを描いていってっていうのでつながってる。作品が作品を呼んでいくんです。ヒポクラテス、解ってますね。

池田　そう、それが面白いよね。そういうことがなければ、苦労してマンガなんか描かないよ。本は商品でもあるから売れたほうがいいし、売れればうれしいけど、売れなくてもいいからこの世に残したい、という思いがある人とない人では人生の面白みが違うと思う。

南　今は、誰かのマンガを読んで感激して、自分も漫画家になりたいっていう人だけじゃなくて、職業として漫画家になったら儲かるとか、アニメーションを作ったら儲かるとか、そこが出発点だったりして、それでちゃんと実際に成功する人もいる。だから本当にマンガが好きな人と、成功するのが好きな人の区別がつきにくい。

池田　それはあるだろうね。本書いてむちゃくちゃ売れるのが面白いって人もいるから。それはそれでいいわけで。そういう人の頭の中は、後世に残すっていうよりも、現時点でどんなふうなこと書けば、一番ウケるかってことを考えるわけでしょう。それっていってみりゃ、お笑い芸人のセンスだよな。

お笑い芸人のセンスって、今こういうこと言ったら笑ってくれるかどうかで勝負してるわけでしょう。残るかどうかなんて考えてない。落語は昔のものが古典落語として残ってるけれども、お笑い芸人がいくら面白い話をして売れっ子になっても、後世まで語り継がれることはまずない。だから価値がないってことではなく、そういうものだってことなんだけど。在り方の違いだよね。

南　僕は自分の本見て、笑ってもらえるの好きですね。自分がどういう時に笑ってるかって考えると、自分なりに何か発見した時なんですよ。何かを発見するって楽しいことだから。笑ってくれるようなものができたって、それはその人に発見をもたらしてるわけですからね。なかなかできないですけどね、笑ってもらえるようなものは。

だから自分と同じようなやつが見て、フンて笑ってくれればいいやって感じですかね。

†病気はどうですか?

池田 南さん、昔、肺がんとか言ってたけど、どうした? 治っちゃったの?

南 肺がんは、結局、曖昧で、「がんじゃなかったんじゃないか」とまで言われちゃって。放射線の先生は、小さくなってきたって言ってくれて。それで治ったって、僕は思ってるけど、担当の先生は、そんなことないっていう感じだったんですよ。どうしても手術をしたかったみたいですね。で、行くのやめちゃった。

その後、セカンドオピニオンで、漢方の丁《てい》(宗鐵《むねてつ》)先生にかかるようになって、PET-CT(ペット・シーティー)という検査もやった。PET-CTは二つの検査が同時にできて、がんの診断が正確にできるっていうんで。最近は普通にやる検査になったけど、その頃はまだ始まったばかりでした。その検査で大丈夫ってなって、五年後にまた検査してくださいって言われたんだけど。全然してない。もう、一〇年以上たっちゃった。

池田　がんは自然に消えることもあるんだよね。滅多にないみたいだけど。

南　いわゆる、「がんもどき」っていうんですか。転移したりしないで、治っちゃうほうのがんだったかもしれない。

池田　転移しないがんも、結構ある。前立腺がんなんかは、大体そうだよね。亡くなった八〇歳以上の男性を解剖すると、約六割が前立腺がんなんだって。七〇歳以上だと約五割だから、確率的には俺か南さんのどっちかはなってる。別に悪さとかしねえんだったら、余計なことしねえでほうっておいたほうがいいよ。治まってるんだから、そのままにしといたほうがいい。

南　手術したがる医者って、けっこういるみたいですね。

池田　俺は、がん検診は二〇年以上受けてねえ。人間ドックも全然行かない。がんになったとしてもしょうがないよ、もう七六歳だから。死んでも文句は言えない。

南　子どもの頃、七六歳ったら、ものすごいジイさんでしたよねえ。

池田　ヨイヨイって言ってたもんな。

南　本当はヨイヨイなんだよね、オレ達。まだ自覚ないけど。

池田　自覚ないな。まだ、生きると思ってるもんな。普通に歩いて、大してどこも痛くないうちは大丈夫だよ。酒も飲めるうちは大丈夫。酒、飲めなくなると嫌だな。

南　アハハ。

池田　うちのかみさんが、「夕方に酒を飲むと眠れないってことが、最近分かった。だから夕方は飲まない。昼間飲む」って言い出して、昼飯の時に飲んでるんだよ。それまでは、晩飯の時に二人で飲んでたのに、今は俺だけ飲んでるんだけど、昼間もかみさんに付き合っちゃうから、昼も夜も飲むようになって、まずいんだよな（笑）。

南　アハハ、いいですねえ（笑）。

†死ぬ前にやることとやっておく

池田　俺は、だいぶ昔から南さんと対談したいって思ってた。死ぬ前に実現できて、本当によかったよ。

二〇一九年だったかな、写真家の伊藤弥寿彦とカミキリムシ研究者の新里達也と一緒に、ダニの分類学の権威だった青木淳一先生のお宅でごちそうになったんだよ。

「また飲みましょうね」と言って先生と別れたけど、翌年からコロナでしょ。それでモタモタしてたら、二〇二二年に八七歳で亡くなってしまって、それが青木先生との最後の晩餐になっちゃった。機会がある時にはなるべく会わないとね。

大澤省三《おおさわしょうぞう》先生も、飲もうと言っていたのに亡くなった。名古屋大学と広島大学の名誉教授で、コドン獲得説っていう、ゲノム（全ての遺伝情報）の進化に関する画期的な理論を提唱して、アメリカの有名なニュース雑誌『タイム』でも紹介された、世界的な学者なんだけど、虫がものすごく好きでね。亡くなる一カ月ぐらい前に、メールをくれたんだよ。

クワガタは飼育すると、染色体（遺伝子の情報が記録されている物質）が不安定になって、研究には使えないって教えてくれた。大澤先生、九三歳だったんだよ。すげえよな、九三歳のジイさんから教わるなんて。その一年ぐらい前には、長い英文の論文をメールで送ってくださった。

九十過ぎても、ボケない人はボケないんだよね、びっくりしちゃった。個人差が大きい。頭脳明晰だった柴谷篤弘先生だって、八〇歳過ぎてから「どうも最近は、難しいことを考えられなくなった」って言ってたからね。九〇歳まで生きたけど、最後の一〇年間は、あんまり活動されなかったもんな。

男で九〇歳まで生きられる人は、そんなに多くないから、ふたりとも大往生だよね。七十代だと、早いなって思うけど。加藤典洋（文芸評論家）は七一歳で死んじゃったな。彼は昭和二三年の早生まれだから、年はひとつ下だけど、学年は俺と同じ、南さんとも同じ。俺と違って生真面目な人でさ。真面目過ぎたのがいけなかったのかな。

南 急性白血病でしたよね。

池田 そう。二回ぐらい病院に見舞いに行った。一度退院したんで、「落ち着いたら、一番いい酒を持って、行くよ」って言っていたら再入院になって、それからあっという間だった。一一月ぐらいに病気が見つかって、翌年の一月ぐらいにはかなり悪化して、五月に死んじゃった。早かったな。

南 最後から二番目の著作だったか、『オレの東大物語』（集英社）って本の装丁やりました。

池田 最後のほうで、バタバタって本を出したよな。『大きな字で書くこと』（岩波書店）が、ほとんど最後なんじゃないかな。詩集も出したよな。それ、持ってる？

南　頂きました。

池田　結構、うまい詩が多いよな、彼、書くたびに、メールで送ってきたんだよ。俺が気に入らない詩は添削してた。そしたら添削されたのが気に入らなかったみたいで、不機嫌だったたな（笑）。面白かったたよ。その頃は、まだ多少元気だったんだ。病院でも、詩を書いてたしね。しょうがないけどね。みんな、いつかは死ぬんだから。

南　でも、寂しいですよね。赤瀬川さんも、一〇年前に七七歳で亡くなっちゃった。

池田　南さん、仲良かったからね。「老人力」って、赤瀬川さんの発案なの？

南　ワードは、藤森（照信）さんです。藤森さんは「看板建築」っていう学術用語もつくった。店舗の前面が看板になっている建築のことなんですけど、最初、学者の人たちは使いたくなかったらしい。なんか子どもっぽくて、学術的じゃないでしょ。あまりにも即物的だから。

でも、わかりやすいじゃないですか。それで学者も「いわゆる看板建築」みたいに仕方なく使うようになって、はじめは「いわゆる」付きだったんだけど、だんだんにレッキとした学術用語になっちゃった。老人力も、子どもっぽいネーミングですよね。

池田 言葉って、使ってるうちに馴染んでくるよね。藤森さんって、そういう特異な才能があるよな。

南 そう、あります。子どもっぽさがあるところがいい。いろいろ複雑に考えずに、ダーッて言っちゃう。

池田 藤森さんのいいところは、知ったかぶりしないとこだよね。「それ、分かんねえから説明しろ」とか、すぐ言われるもん。「そんなことも知らねえの」とか言われるのが嫌で、知ったかぶりすることってあるじゃん。だけど、藤森さんは割に平気で人に聞くよな。建築が専門だから、生物のことなんか知らねえに決まってんだろうって感じで。

南 アハハ、しかも知りたがりでもあるしね。

池田 知りたがりなんだよな、好奇心が強いから。分かんねえことは、人に聞いちゃったほうが早いしね、てめえで調べるより。

南 赤瀬川さんも知りたがりだったけど、藤森さんも初めて聞くことがすごく好きで。

へえ〜って、興味津々なんですよ。赤瀬川さんは流れで話題が変わってもその話を続けようとするから、みんなにからかわれたりしてました。それが楽しいんだけどね。

池田　南さんも俺も九五歳ぐらいまで生きるかな、と思ってるんだけど。

南　あと一八年か。

池田　そのぐらいは生きたいよな。養老さんも、あと一〇年は絶対、生きるから。一〇〇歳まで、いくかもしれねえな。

南　そうですね。

池田　だけど長生きしたら、南海トラフ巨大地震の震災に遭うかもね。

南　まあ、そん時はそん時で。

あとがき

池田清彦

南さんとはいくつかの会合でご一緒する機会が多く、いつもニコニコ笑っていて、時々面白いことを言うので、いつかゆっくりとお話を伺いたいと思っていた。ものぐさの私は、初期の理論書と最近自分から発信しているメルマガなどを除いては、本のテーマも対談の企画も、編集者の提案をハイハイと言って受け入れるだけで、自分で企画することは滅多にないのだけれど、南さんとの対談は自分から提案した。実現できてとても嬉しい。

私と同じく、南さんはものすごく真面目な人なんだけど、その真面目さは多くの人にとっては不真面目だと思われかねない不思議な真面目さで、私としてはほどほど・いい加減を宗《むね》とする同志のような感じで、一緒にいるだけで心が和む。そもそも、固い結束で結ばれた同志なんて気色が悪い。なまくらの志を同じくする人は、友人としてこの上ない存在である。志にもいろいろあるんだわ。

南さんは幼稚園にも保育園にも行かなかったので、小学校に入った時に「前へならえ」って先生に言われても何のことだか分からなかったって。私も幼稚園にも保育園にも行かなかったので、小学校に入った時はひらがなも書けなくて、オタオタしていたので、南さんの気持ちがよく分かる。でも今から考えると、脳の個性が決まる頃に同調圧力に晒《さら》されなかったので、ラッキーだったのかもしれない。

脳の個性を決めるのは、シナプス（脳の神経細胞をつなぐジャンクション）の数と配置だが、シナプスの数は生後八カ月くらいで最大になり、その後、邪魔なシナプスは刈り込まれて、どんどん数が減り、八歳くらいで安定する。シナプスで他とつながらなかった神経細胞は死んでいき、出生直後、約一〇〇〇億個あった大脳の神経細胞の数は、大人になる頃には約一六〇億個にまで減ってしまう。八歳くらいまでの間にどんな経験をしたかによって、シナプスの分布パターンが決まってくるので、これがその人の基本的な個性を決めることになる。ピアノや囲碁・将棋は、シナプスの分布パターンが安定する前までに習い始めないと超一流になれないみたいだ。脳の基本機能が決まった後ではシナプスの可塑性《かそせい》が落ちて、組み替えることが難しくなるからだ。

ピアノの辻井伸行さんや将棋の藤井聡太さんの脳は、それぞれピアノ脳と将棋脳になっているに違いない。それでは、どうしたら天才になるようなシナプスのつながり方を獲得できるのだろうか。そんなことは俺に聞かれても分からない。将来、脳科学が進歩して、人工的にシナプスをいじって天才を造れるようになるかもしれないけど、あまり面白くねえ未来だな。

ともあれ、南さんも私も、小学校に上がる前に同調圧力に晒されなかったおかげで、付和雷同するという能力が身に付かなかったのだ。皆さんも子供さんを個性的な人に育てたかったら、幼稚園なんかに入園させないで、きちんとした日本語だけはちゃんと教えて、後は好きな事をさせておいた方がいいと思う。

南さんは入試にひたすら落ちまくって、へりっこを歩いて、気がついたら日本が誇るイラストレーターになっていたわけだから、実は南さんの歩いたへりっこの道がイラストレーターへの王道だったのだ。「僕の前に道はない　僕の後ろに道は出来る」って高村光太郎の詩みたいだけれど、南さんの後にできた道はもう消えてないのだ。

だから、後世の人は自分で道を切り拓くほかはない。

私は、南さんと違って多少は受験勉強をしたので、学歴はまあ他の学者とさほど遜色はないのだけれども、大学に職を得てからは、マジョリティの学説（ネオダーウィニズム）にひたすら反旗を翻して、へりっこの道を歩いてきた。私のキャリアは昆虫生態学者から始まるのだけど、ネオダーウィニズムに凝り固まった学会が気に入らなくて、生涯に日本生態学会の大会には二度、日本昆虫学会の大会には一度しか行かなかった。今、私と同じ道を歩くと間違いなくパージされて、教授にはなれないと思う。

へりっこの道を歩き続けても平気なのは、自分のやっていることが自分にとって面白いからであって、人生の目的が偉くなることや大金持ちになることではないからだ。まあ、結果的に偉くなったり、小金持ちになったりすることはあるけどね。それはまあ「おまけ」みたいなものだ。人間の自然寿命は三八歳ということなので、南さんも私も、もうずっとおまけの人生なのだ。だからいつ死んでも文句は言えないのだけれど、老人は切腹しろというやつがいても、長生きする気満々なのだ。南さんもきっと同じだ。ハハハ。

ちくま新書
1801

老後《ろうご》は上機嫌《じょうきげん》

二〇二四年六月一〇日　第一刷発行

著　　者　池田清彦（いけだ・きよひこ）
　　　　　南伸坊（みなみ・しんぼう）

発 行 者　喜入冬子

発 行 所　株式会社 筑摩書房
　　　　　東京都台東区蔵前二―五―三　郵便番号一一一―八七五五
　　　　　電話番号〇三―五六八七―二六〇一（代表）

装 幀 者　間村俊一

印刷・製本　株式会社 精興社

ISBN978-4-480-07630-4 C0276

ちくま新書

363
からだを読む
養老孟司
自分のものなのに、人はからだのことを知らない。たまにはからだのことを考えてもいいのではないか。口から始まって肛門まで、知られざる人体内部の詳細を見る。

569
無思想の発見
養老孟司
日本人はなぜ無思想なのか。それはつまり、「ゼロ」のようなものではないか。「無思想の思想」を手がかりに、日本が抱える諸問題を論じ、閉塞した現代に風穴を開ける。

1003
京大人気講義　生き抜くための地震学
鎌田浩毅
大災害は待ってくれない。地震と火山噴火のメカニズムを学び、災害予測と減災のスキルを吸収すべき時は、まさに今だ。知的興奮に満ちた地球科学の教室が始まる！

1158
美術館の舞台裏
——魅せる展覧会を作るには
高橋明也
商業化とグローバル化の波が押し寄せる今、美術館では想像以上のドラマが起きている。展覧会開催から美術品を巡る事件、学芸員の仕事……新しい美術の殿堂の姿！

1104
知的生活習慣
外山滋比古
日常のちょっとした工夫を習慣化すれば、誰でも日々向上できるし、人生もやり直せる。『思考の整理学』の著者が齢九十を越えて到達した、知的生活の極意を集大成。

1747
大還暦
——人生に年齢の「壁」はない
島田裕巳
これが、日本版「LIFE SHIFT」だ！　人生120年時代、もはや今までの生き方は通用しない。最期まで充実して楽しく過ごすヒントを、提案する。

1778
70歳までに脳とからだを健康にする科学
石浦章一
健康で長寿になれる正しい方法を生命科学の最新知見に基づき解説します。タンパク質、認知症、筋力、驚きの最新脳科学、難病の治療……科学でナットクの新常識！